北方联合出版传媒（集团）股份有限公司　辽宁美术出版社　编著　姜　黎

三维形态设计基础
3-dimensional design basic

图书在版编目（CIP）数据

三维形态设计基础 / 姜黎编著. -- 沈阳 ：辽宁美术出版社，2011.12
ISBN 978-7-5314-5066-5

Ⅰ. ①三… Ⅱ. ①姜… Ⅲ. ①三维—构图（美术）
Ⅳ. ①J061

中国版本图书馆CIP数据核字（2011）第239508号

出版发行
北方联合出版传媒（集团）股份有限公司
辽宁美术出版社

地址　沈阳市和平区民族北街29号　　邮编：110001
邮箱　lnmscbs@163.com
网址　http://www.lnpgc.com.cn
电话　024-83833008
封面设计　范文南　洪小冬　彭伟哲　林　枫
版式设计　彭伟哲　薛冰焰　吴　烨　高　桐

经　　销
全国新华书店

印刷
沈阳市博益印刷有限公司

责任编辑　彭伟哲　林　枫
技术编辑　徐　杰　霍　磊
责任校对　张亚迪
版次　2011年12月第1版　2012年6月第2次印刷
开本　889mm×1194mm　1/16
印张　9.5
字数　120千字
书号　ISBN 978-7-5314-5066-5
定价　54.00元

图书如有印装质量问题请与出版部联系调换
出版部电话　024-23835227

序 >>

对空间存在方式及关系的思考永远伴随我们视觉感知的互动过程，一代又一代艺术家在对其识别、组合、定位、颠覆、重构的过程中接续体验魂牵梦绕、羽化登仙的无极境界。

科技膨化的生产力把我们寄居的社会无可选择地推入消费时代，买方市场的形成又把消费者群体顶礼膜拜成人间的上帝。当上帝的眼光与钱包关系的密码被市场破译后，设计师的登堂入室自然水到渠成。

身为鲁迅美术学院大连校区设计基础教学的新锐代表，本书作者没有拘泥于传统教材编写规定动作的模版，而是以扑面而来的跨界气场推出当代设计流光溢彩的产品殿堂，当读者和学生享受徜徉其间的陶醉后，概念和方法的传授一定是润物无声了。

鲁迅美术学院副院长 大连校区管理委员会主任
孙明 教授

个人简历 >>

1972年生于辽宁沈阳

1994年毕业于鲁迅美术学院工业设计系、学士学位

2008年获鲁迅美术学院平面设计专业艺术硕士学位

现任鲁迅美术学院大连校区基础教学部讲师

主要获奖、出版著作:

《四季果酒》包装设计获第一届"鲁艺杯"全国高师教师作品展　铜牌　　(1996)

《招贴设计》平面作品获第二届"鲁艺杯"全国高师教师作品展　银奖　　(2002)

《海报设计》入选第五届中韩教师作品国际学术交流展（平面设计类）　　(2005)

《公益海报》入选鲁迅美术学院70年校庆教师作品精品集（平面设计类）　(2008)

《招贴设计》获第一届全国高等美术学院教师作品展优秀奖　　　　　　　(2009)

《美术教育教程》（平面、立体构成部分）黑龙江美术出版社　　　　　　(1996)

《体验教学》获辽宁省成人教育优秀论文三等奖　　　　　　　　　　　　(2006)

《建筑视觉笔记》　黑龙江美术出版社　　　　　　　　　　　　　　　　(2007)

前言 >>

> 改革开放三十多年发展至今，国内现代设计教育的发展规模是各位设计同仁有目共睹的；这在根本上首先得益于市场经济的高速发展，经济模式的转型和由此带来的生活方式的巨变，直接导致了新生活、新设计的不断创新！但同时我们也应清楚地看到：目前国内设计教育的现状又是显得仓促和激进的，在引进与合作、外来与本土、借鉴与创造等复杂的关系与现实中，显露出许多现实而又深刻的矛盾和问题。尤其近年来因各大院校推行扩招后陆续毕业走入社会而形成的"设计大军"在全国各地"花开满园"，究竟这种现状会给社会带来怎样的结果，虽然现在下结论有点为时过早，但不可忽视的是由于发展"超速"，教学的无序、师资的参差不齐、教材的随意、方法的缺乏创新、招生的鱼龙混杂等都导致了"泡沫教育"与"人员膨胀"的并存。设计整体产业链的推动必须靠新型的创造性设计教育来推动，无疑还有很多工作需要设计教育界的志士仁人共同努力完成！

　　说到设计教育，在此不得不提到包豪斯，从20世纪30年代初期，中国就有老一辈艺术家接受过它的影响，80年代经由香港、台湾真正导入国内所谓三大构成设计基础教育理论，然而最初的构成理论体系虽然便于当时设计教育形成规范化的体系，方便师生的教学与实践，但在相当长的岁月里它将设计教育的本质进行了机械理解，从知识结构到作业设置的思路基本上一成不变，其局限也是显而易见的。现在回过头来看，中国设计近百年的发展历程对包豪斯始终都有一定程度的曲解与误会。我们不能把包豪斯简单地理解为一所单纯的设计学院，因为它可以使人充满无限的遐想。在那里，在格罗皮乌斯的努力倡导下，大家可以自由谈理想，共同通过艺术来改造社会，因此，包豪斯才能同时容纳伊顿、纳吉和康定斯基、密斯，把这些当时的艺术大师与手工大师真正结合在一起，才能成就日后的形式与功能完美统一的可能，才能赋予包豪斯今天的种种创造性的延续。

现在已进入到后工业社会，网络数字时代已全面到来，通过设计介入生活方式的意义已变得更为复杂，设计学科也在不断演化、更新，融合了更多的新学科、新概念；作为设计类基础教学的重要组成部分——三维设计基础教学也在不断开拓，不断细化，不断整合。本书的编写主要针对当前从事艺术设计专业学习的学生，为了更系统地将基础理论融入到整个专业设计系统展开分析、讲解，把原有三维立体设计基础与当代设计所涉及的各方面知识有机地结合起来，全书视角独特，内容新颖，结构清晰，图文并茂，注重对学生启发性与创造性三维立体思维能力的培养，内容上结合目前国内院校中有代表性的教学案例，便于学生了解、掌握，有目的地训练学生的观察力、判断力、鉴赏力和创造力。

本书内容将围绕三维形态空间的认知、构成、表达、创意应用四大部分展开论述，试图从自然、科学、人文、社会等各个角度并结合东西方文脉特征对相关概念有一个认知度更强、更深入、更独到的理解。在传统的立体构成教材模式中融入一些新理念、新思路。书中理论部分尽量压缩，文字阐述深入浅出、精练概括；重点在图片方面集了大量图例、设计作品、学生作业、分析点评，丰富直观，信息量大，对学生实用性强、资料参考价值大。

由于编者学识、水平、经验所限，加之时间仓促有限，书中必然存在很多不足与改进之处，希望得到各位专家及同仁的批评指正，望广大读者不吝赐教。

姜黎

2011年7月于大连

目录 contents

第一章 绪论

》学习目的

通过本章内容的学习，初步了解三维空间设计基础的主要概念、历史发展脉络，使学生建立起三维空间系统的整体框架，以便在日后的学习中不断填充相关内容，为更深入地研究专业问题打好基础、明确方向。

》学习关键词

立体·空间·形态·构成·工业革命·构成主义·风格派·包豪斯。

第一章 绪论

第一节 ///// 三维空间设计基础要素概论

一、立体

我们每个人都生活在立体的三维世界中：早晨，一觉醒来，从床上爬起，穿衣、洗漱、用餐，到推门而出，开始一天的行程⋯⋯我们无时无刻不在接触和感受着三维立体形态（图1-1～图1-3）。但在现实生活中却常常遇到以下情况：无论是幼儿园的孩子还是设计学院的专业学子，在描绘立体物体时往往用平面

图1-2

图1-3

图1-1

的形式表现而不是用透视法画出立体图（图1-4、图1-5）。这说明我们虽然身处三维立体空间，但平时更多地却是以平面思维思考和表现物体，这样的习惯就使我们的三维立体思维与创造能力长期处于未激活状态，必须以系统的方法持续强化，以期改变。

二维平面形态靠轮廓线认知、描绘和创造，一个确定的轮廓就代表一个肯定的平面形态，没有丝毫争议。而三维立体形态则没有固定不变的轮廓线，随观者位置改变呈现出不同的形状，最终靠综合体量来把

图1-4 陈双婧四岁儿童画

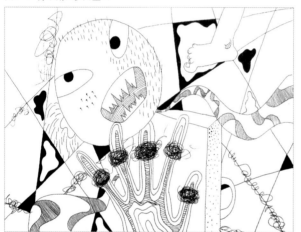

图1-5 鲁美大连校区一年级学生视觉日记

图1-6

握认知。我们平时在摄影、写生过程中只要视点、视距、视角稍微有所改变，画面上的轮廓、构图就都会产生变化(图1-6~图1-8)。

说到立体，我们首先会联想到团状、块状的东西，它们都会占有一定的空间和体量，并且要满足物理学重心规律和结构秩序，如在体育比赛中不同项目对人的体型会有各自特殊的要求（图1-9~图1-11），在建筑中我们也可用"体型"去形容各种形态各异的立体组合效果。组合原则当然不外乎审美与实用的双重标准，体型美在优秀的建筑中作用甚至比实用功能更重要（图1-12、图1-13）。严格意义上讲，自然界中的任何形态都是一个"立体"，最具代表性的是球

图1-7 不同的角度感知韩国馆给人形成完全不同的轮廓、形状

图1-8 不同角度的概念车外观设计

体、正方体、圆锥体这些最基本的几何形体，具有典型的逻辑性和数学性。由此还可以演变成圆柱体、圆环、正多面体、三棱柱、有机形态等。它们的基本特征是占据三维空间，可以由面的包围并闭合产生，也可以通过运动形成，可以看得见、摸得着，具有较强的重量感、充实感，并能最有效地表现出三维立体形态感（图1-14～图1-16）。

图1-9 日本相扑运动员在比赛中

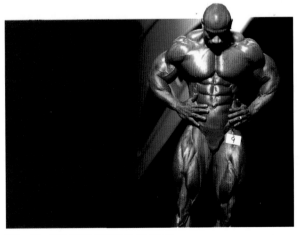

图1- 10 健美运动员在充分展示着力与美

图1-11 花样游泳选手婳娜的身姿如出水芙蓉

图1-12 弗兰克盖里的解构主义建筑充满了神奇. 自由

图1-13 悉尼歌剧院凭借着优美的体型成为世界建筑史上的杰作

块的形态是基础形态中立体形态的最终"表情"，包含了一定线的语言和面的形象。因此，我们把块称之为基本形体，把占有空间或限定空间的形体统称为立体。对块的变形是对立体形态变化处理最常见的手段，目的是丰富立体的视觉层次，打破纯粹几何形体机械、呆板的表情，使形体产生较强的韵律与动感。一般采取扭曲、倾斜的处理方式，通过改变形体的方向、角度，增强立体的视觉张力与丰富的表现力（图1-17、图1-18）。

图1-14-1 美国酒店门前的立体雕塑

图1-15 埃及神庙的巨大石柱

图1-14-2 美国现代城市雕塑

图1-16-1

图1-16-2 金字塔永远使人感觉静穆、博大

图1-17-1 改变角度扭曲构成的趣味书架形态

图1-17-2 对块状进行变形处理的概念沙发形态

图1-17-3 通过扭曲方式改变方向和角度的灯具形态充满了视觉张力

图1-17-4 世界上第一个可旋转的摩天楼扭曲造型

图1-18-1　具有明显倾斜角度的建筑外观形态

图1-18-2　中国大剧院的卵形结构给人强烈的有机感

图1-18-3 倾斜线条在建筑表面及内部的大胆运用使人过目不忘

二、空间

对于空间的解释有很多，按照哲学观点，就整个宇宙而言，空间是无限的，无边无际，是人类认知世界最初始也是最基本的媒介；就每一个具体事物来说，空间又是有限的，是具体而又直接的(图1-19、图1-20)。关于空间的理解，早在春秋时期老子就有精辟的论述：三十辐共一毂，当其无，有车之用。埏埴以为器，当其无，有器之用。凿户牖以为室，当其无，有室之用。故有之以为利，无之以为用。这段话很深刻地阐述了空间的实体形成与被围合空间之间的辩证关系。

空间本身具有两重性，一方面，它是物质形态的一般广延，帮助形成空间，也深刻影响着空间；另一方面，它又是各种不同物质形态的并存状态。在古希腊原子论那里，广延属于原子，是原子固有属性。在他们看来，只有有形的原子组成的物体才是存在的，而空间则是与有形原子相对立，是一种"非存在"，

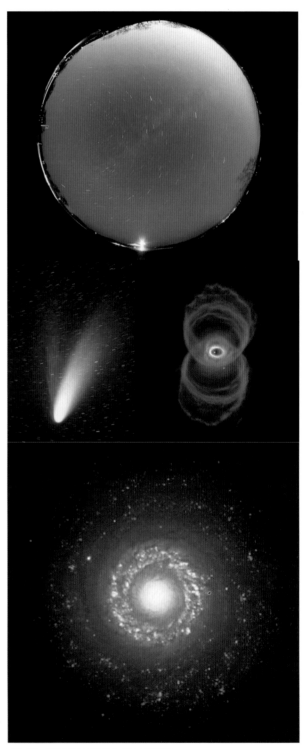

图1-19 高空卫星拍摄下的宇宙太空影像

图1-20-1 具有很强秩序感的蜂巢空间结构

图1-20-2 巧妙利用有限空间的包装设计

图1-20-3 巧妙利用有限空间的包装设计

是绝对的虚空。由于虚空的部分充满了不确定性而难以把握，因此说我们要证明实体"有"相对容易阐述，但要证明虚体"无"却很难表述，很多时候就需要借助于相对明确的实体进行讨论而得以实现。所以真正认识空间在生活中、设计中就显得格外重要。如在城市，整体环境以各种实体建筑、广场、道路、树木等构成，由这些实体形成的外部空间即成为城市空间（图1-21、图1-22）。此外，现在的城市规划设计中我们对虚空间的处理也越来越受到各方的重视，人们对一个城市能留下深刻印象往往取决于富有特色的城市空间设计（图1-23）。由此可见，通过对真实空间进行不同的设计与改进可以有效地调节人们对空间的印象，这正是我们研究空间的现实意义所在。

图1-21-1 由建筑、道路、车辆、树木等构成的现代城市空间

图1-21-2 英国小镇古朴的建筑、石路，远离闹市，给人宁静、休闲的空间

图1-22 香港夜色阑珊，高楼林立，形成丰富独特的繁华夜景空间

图1-23-1 深圳市民中心空间设计充分展现出城市的发展与活力

图1-23-2 大连海之韵广场雕塑韵味十足，空间分割虚实相生，体现出城市特色

图1-24-1

图1-24-2

图1-24-3　香港海港城以生日蛋糕为主题迎接圣诞到来

图1-25　小区为儿童安装的玩乐设施形成特有的活动空间

　　另外在平时的日常生活里，人们也经常无意识地在创造和利用着空间，重要性也同时反映在与其中的活动互为表里。特定场合的空间形式、地点和特征会吸引特有的功能、场景和活动（图1-24～图1-26）。空间是具有"场能"的，这种观点是以20世纪海德格尔的存在主义现象学为基础被诺伯格·舒尔茨首先提出的。他认为"场能"概念代表着空间和其中所包含的特质的总和。如果行为的目的是有意识的，那么空间就能适时地影响、反映"场能"的程度（图1-27、图1-28）。基于这样一种认识，人们可以把个人的思维、身体和外部环境紧密地联系起来并看做是一个整体来进行论证、考察。

在未来，设计合理的空间形式对构筑、搭建社会人文秩序有序发展将起到至关重要作用，对于空间而言，在很多方面将有更细致、更深远的工作等待专业人士的解决和探索。

图1-26-1

图1-27

图1-26-2　人工阳伞、躺椅有规律的排列形成集中地休闲区域

图1-28

三、形态

在我们的日常生活以及艺术设计创作中，经常会使用如图形、造型、形象、形状等词汇来描述视觉图像与视觉场景有关的内容。其实这些称谓在大的视觉载体层面都属于形态概念的范畴，具体分析起来如下：

1.形状：是指物体或图形由外部的面或线条组合而呈现出的外貌状态，主要反映物体的客观物质属性，强调物体被人观看过程中的可识别程度，重点侧重物体本身。物体的轮廓和体量并不会因人为的视觉体验而发生改变。如在正常状况下我们不会将方形的物体看成是圆的，也不会把圆的物体看成三角的（图1-29）。

图1-29 利用材料表现几何形体的现代雕塑

2.形象：是指能引起人的思想或感情活动的形状或姿态，强调的是人对物体视觉过程后的心理反应和主观感受，重点关注人的体验。在艺术创作中侧重反映人的神色表情和性格方面特征。如在影视剧中我们经常会提到"英雄形象"这类角色，虽然不同的导演会根据剧情选择不同年龄、性别、外形、长相的演员，但都不会影响大家对这类正面光辉形象的整体认识与理解。

3.形态：是指事物的内在本质在一定条件下的表现形式，"态"是事物内在的本质状态，"形"是事物外在形式的表象，是表达"态"的载体、表面媒介。形态也可以理解为是形状和形象的结合。对形态的理解不仅涉及对形状的识别性，同时更涉及对形象的心理感知和直觉。从人的视觉过程来分析，视觉主体与客体间一直存在着由生理到心理的互动转化，因此，针对设计师创造一个新的视觉形态重点不仅是关注设计形式外观，更重要的是解决好形式背后所传达表现的内涵与寓意（图1-30、图1-31）。

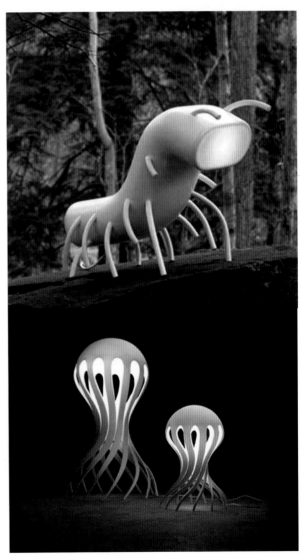

图1-30-1 以仿生结构为形态的灯具形成个性鲜明的灯光照明

图1-30-2 兼具座椅和照明功能的设计形成了特殊的形态造型

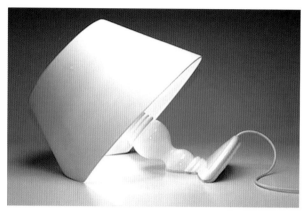

图1-31-2b 产品个性的外观形态背后隐含着深刻的设计内涵

图1-30-3

图1-31-1 斯塔克的榨汁机造型已成为经典的装饰品、收藏品

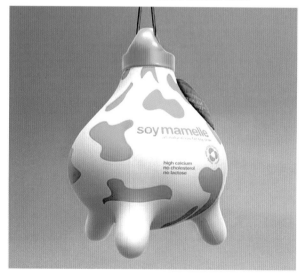

图1-31-2a 产品个性的外观形态背后隐含着深刻的设计内涵

当我们对形态做一个总体划分时，一般会形成从自然形态到人工形态再到抽象有机形态的概念。对于自然形态的产生、形成，主要是由外在的环境、气候、地理等天然因素的变化与自然物内在的应力、生态、生命力等因素自行组织到一起共同的产物。即不以人为意志影响而存在的一切可视或可触摸的形态（图1-32、图1-33）。而人工形态是由确立物质形态的内因与外因共同作用的结果。内因包括构建形态的材料、结构、工艺、造型、色彩、肌理等因素，外因指确定形态的外部环境，如主体的情感、意念、时间、空间等条件。设计人工形态过程中，外因代表着"限定性"，内因代表着"可能性"。人工形态的生成是可组织的、物质的、客观的"形"的内涵与内在的、情感的、主观的"态"的外延的高度统一（图1-34）。抽象有机形态是精炼于人工形态基础之上，通过模仿自然生物的某些突出特征，经过高度归纳抽象概括而成的。有机形态主张人性化造型，强调人与物的互动性沟通，立体形态更趋向于曲面化的个性表现并给人以较强生命力的感觉，在现代交通工具、服饰、数字电子等产品中被广泛使用（图1-35）。

图1-32 南极常年低温下形成的冰山形态

图1-33-1 天然形成的矿物结晶体

图1-33-2 海底的珊瑚形态各异

图1-34　美国现代城市环境雕塑的人工形态

图1-35-1　法国标致汽车公司设计的新款概念跑车充分运用了有机形态造型

图1-35-2　抽象有机形态在服装设计上的应用

四、构成

"构成"的概念源于前俄国构成主义奠基人弗拉基米尔·塔特林首先提出（图1-36），20世纪上半叶的西方设计领域，在各种现代艺术流派的影响下，构成成为当时极富盛行的艺术风格，如法国的立体主义、荷兰的风格派、俄国的构成主义（图1-37），在艺术形态方面所倡导的简洁、抽象、几何式风格对后来的现代主义设计风格的确立产生了极其深远的影响。

"构成"这个词汇在当今已代表着多重含义，除了上面提到对艺术流派的一种特指，现在还泛指代表设计基础课程的名称。虽然"构成课程"从当下来看并不能涵盖设计基础课程的全部，只是代表其中一部分，但还是在设计基础教学中扮演着举足轻重的角色，在解决设计基础形态的造型思维、形体组合方法与表现、材料运用与加工工艺、视觉传达、社会传播等重要的设计问题中起到承上启下的作用。

"构成"在字面上可解释为形成、造成，即一种排列、组合，表达集合多种元素形成一个完整事物的过程与方式。在设计领域，构成指将一定的形态元素按照视觉规律、审美法则、力学原理、心理需求等要素进行的综合性感知与创造性组合。而三维空间形态构成则重点强调使用各种不同材料，将各类相关要素（结构、色彩、体量、空间、肌理等）按造美的形式法则进行调整、推敲、拼装、组合、构成，最后创造出新的、理想的并具有典型美感的三维立体形态的过程，也是对实际空间与形体之间进行探索和钻研的过程，是对三度空间的一种综合性体验（图1-38）。

构成的过程是一个由浅入深、由感性到理性、由具象到抽象、由简单到复杂再到简单的过程。对学生而言，构成的训练不是简单的形式游戏，是由每个人的眼睛、大脑、手脚之间相互配合逐步推进的过程。过程中学生可以将所见、所想进行多元化的视觉表达，并且时刻关注身边生活的点滴变化，与社会产生共鸣，进而实现真正有效的现代视觉信息传递（图1-39）。

图1-36 塔特林《第三国际纪念碑》雕塑方案成为构成主义标志性作品　图1-37-1 杜尚《下楼梯的裸女》

图1-37-2 毕加索《亚威农少女》

图1-38　由各种材料制作的一组美国现代构成雕塑

图1-39　中国美术学院学生的材料构成创作

五、维度

在传统的三大构成设计基础课程体系中，大家一直习惯性地把平面、色彩、立体三部分内容以并列的方式向学生介绍、传授相关的理论知识、概念，但我们从空间维度的角度去分析，就会发现色彩构成所讲述的知识是一个相对独立的系统，是从色彩本身的属性和角度来塑造、表现形态，并列相对应的应是黑白明度系统，因此现在的基础教学应把有关形态的色彩体系单独设立出来进行研究、教学。

从空间维度来区分，我们可以很清晰地把形态分为二维、三维、四维或多维的形态，而且都可以理解为广义的空间形态。以往的平面设计侧重于二维空间的表现，如广告招贴设计、商业插图设计、图形创意设计、网站的页面设计等；立体形态设计强调三维空间的整体把握，如产品设计，建筑、室内、景观、园林规划设计，展览与陈列空间设计等（图1-40、图1-41）。

四维或多维空间是近年来被广大艺术家与设计师接受并广泛运用于创作作品中的新的表现形式，主要是在原来三维空间的基础上加上时间因素，或者结合了现代高科技中的声、光、电技术而形成的新的多媒体综合艺术。

在当代，随着新媒体艺术的多元化发展，人们对生活的需求日益多样化，当我们面对的是一个综合的多维立体空间时，我们会变换不同的视角从各种角度去感知、认识它，这势必要求我们重新去审视形态构成设计的全过程，在思维方式上，不仅仅单纯重视视觉感官的传达，优秀的艺术或设计作品应给人们带来更综合的、多层面的、美好的生理和心理体验。我们应学会在当下各种多元文化、价值、需求的社会背景下，在各类新媒体、新技术、新材料、新思维的专业背景之下，以更多维的参照系统、更综合的感知能力来进行空间形态的探究与创造，只有持之以恒，不断更新自身的知识结构，与时俱进，才能多方位地满足人们生活水平日益提高的多重需求，以最终实现符合现代视觉艺术设计标准的根本目的（图1-42）。

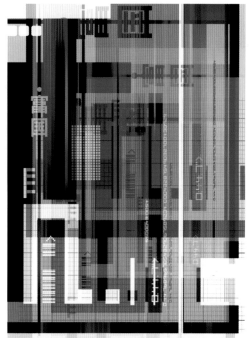

图1-40-1 二维抽象构成图案

图1-40-2 一组现代概念跑车的外观造型

图1-40-3 用字体构成的任务形象创意

图1-41-1 现代座椅概念设计

图1-41-2　广东天河体育中心建筑夜景

图1-41-3　广州大剧院内部空间设计

图1-41-4　现代别墅设计

图1-41-5　现代太阳能建筑

图1-42-1　北京奥运会开幕式运用高科技光纤展现奥运五环

图1-42-2　北京奥运会运用多媒体声、光、电技术表演开幕式精彩瞬间

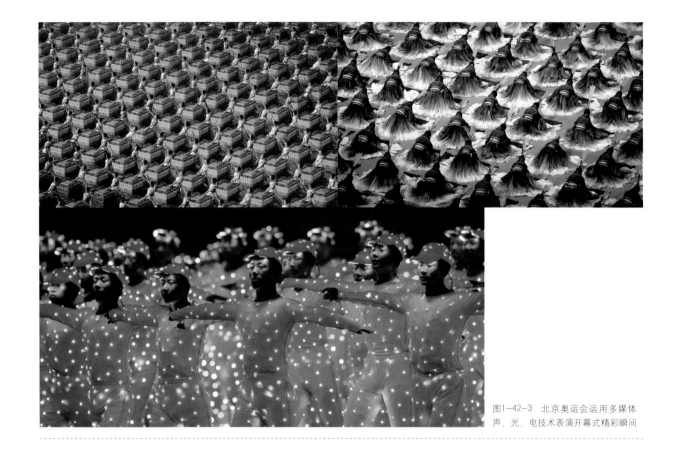

图1-42-3　北京奥运会运用多媒体声、光、电技术表演开幕式精彩瞬间

第二节 ///// 三维空间形态构成的历史研究

研究任何事物，最好能追溯历史，回到事物的源头去寻找依据。之所以从历史的角度来重新审视三维空间形态的演变、发展，是因为处在不同历史时期所产生的形态在视觉上存在着很大的差异。在近代艺术及设计史上，产生的二维、三维形态无论在观念上还是具体表达上都是互相交错、变换复杂的。了解重要的几段历史发展，有助于我们从整体的社会发展背景下去剖析形态产生和转变的内在含义，从深层次去解读设计的作用导致的人们的生活方式、思维方式、审美方式的不断转变。

一、英国工业革命的历史新篇

伴随着瓦特蒸汽机的发明，技术的进步真正地取代了原来的手工艺时代，迎来了以英国为首的整个欧洲的工业革命，机械化技术的广泛应用直接影响和改变了各种新产品的立体形态与外观。同时，工业革命的影响促进了资本主义社会的蓬勃发展，各种民主启蒙思想和社会主义革命思潮在意识形态上颠覆了旧有的封建贵族的特权等级思想。原来的生活用品从设计到制作始终是为宗教和少数贵族阶层服务的，他们一直使用着最好的东西，而且由于当时的生产工艺水平低下，物品的设计、制作只能由少数受过专门训练、有经验的手工匠人才能完成。这就使得制作出来的物品大多是形态繁复矫饰，做工精细，有很强的装饰性与形式感，形成了很典型的巴洛克、洛可可式风格，都显示出一种高高在上的带有明显贵族奢华的特征（图1-43）。18世纪下半叶随着工业革命如火如荼的迅猛发展，工业化进程不断深化，新技术与新材料被广泛使用，资产阶级逐渐夺取封建政权，批量化的生产规模取代了以往的手工作坊，为大众而非少数人的设计理念导致了各类产品的立体形态发生了革命性的变化。

图1-43-1　18世纪欧洲洛可可式教堂局部

图1-43-2　典型欧洲巴洛克式建筑

图1-43-3　洛可可式家具的奢华、高贵

图1-43-4　洛可可檀木家具西部的雕花工艺

二、俄国构成主义与荷兰风格派的历史推进

构成主义的理论雏形于1913—1917年在俄国形成，最初受立体主义和未来主义影响。它反对用艺术来模仿其他事物，力图切断与自然现象的一切联系，从而创造出一种新的现实和一种纯粹的、绝对的特殊

美感：由构成主义几何形、结构形、抽象形和逻辑性营造的一种秩序、理性、抽象的美。

构成主义在具体手法上运用冲突、穿插、压叠、错位等手段形成对比极强的、不稳定的视觉形象与构成效

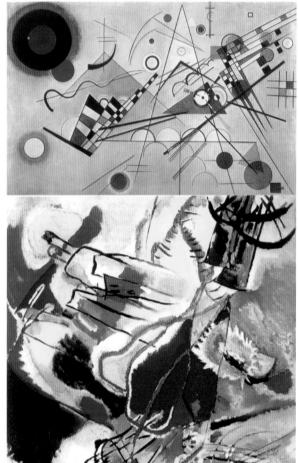

图1-44　康定斯基抽象构成代表作品

果。康定斯基作为构成主义的代表人物，他的艺术理论与思想观念对整个构成主义体系的形成起着不可替代的作用，并为后人留下了两部重要的理论著作《康定斯基论点、线、面》和《论艺术里的精神》，书中的理论综合体现了他系统性的构成主义思想（图1-44）。后来发展到更加简洁抽象的至上主义时期，代表人物马列维奇

在艺术探索中逐渐形成自己的个性：简单的立体分解结构、鲜明概括的色彩、抽象无主题的艺术形式，这种绝对至上的探索改变了原来"内容决定形式"的原则，形式本身就是内容，简单的几何形式和鲜明的对比色彩就是绘画的全部内容。他的代表作品《白底上的黑方块》画面纯净、简洁、平滑，摒弃了具体形象，抽象冷峻，不给观众联想的余地。这种少到极致的处理是将至上主义风格发挥到淋漓尽致的极佳例证。这之后现代主义建筑大师密斯受其影响设计出"德国柏林美术馆"，著名的"巴塞罗那椅"，真正体现出他的"少即是多"哲学设计理念。

1916—1931年，蒙德里安与杜斯伯格领导的荷兰"风格派"运动对形态创造进行了极具开拓性的研究，纯粹的垂直线条与块面，单纯的三原色运用，融合了严格的数理法则与尺度，关注组合结构的合理性、新颖性、可视性、独立性。另一位风格派大师里特维尔德将形态准则以一套严格的数学模式运用到建筑、家具设计上，创造了独具特色的设计风格，产生了非同寻常的生命力，直到现在有些家具产品仍被生产和使用（图1-45）。

"风格派"运动对形态造型追求一种真正均衡的理性精神，纯几何形的抽象形态与多样化色彩的绝对提纯，最终创造出一个视觉纯净平衡的世界，对整个现代主义设计的形成起到了非常重要的促进作用。

三、包豪斯的历史发展与作用

1919年，德国著名建筑家、设计理论家沃尔特·格罗皮乌斯创建了包豪斯设计学院，这是世界上第一所完全以发展设计教育而建立的学院，奠定了现代设计基础教育的教学体系，影响深远，意义重大。一直到今天，包豪斯的理论与成就还深入人心地影响着我们，并将继续延续下去。

包豪斯学院聚集了当时一批世界级的优秀艺术家与设计师，正是他们的先进理念与高超的艺术造诣共同形成了对日后产生深远影响的包豪斯理论体系。约翰·伊顿是最早把"构成"作为设计基础教学的教师，在他的基础视觉训练教学中，学生必须对平面、立体形式、色彩、材料、肌理进行全方位深入理解与掌握。他最大的贡献是形成了现代色彩学教育的体系，通过教学，使学生建立起以科学的分析、构成色彩理论来系统研究有关色彩方面的视觉艺术表达。1923年，莫霍利·纳吉加入包豪斯，他将构成主义带进了基础训练，他相信简单结构的视觉力量和理性化对于设计形态的积极效果（图1-46），通过实践，使学生了解如何客观地分析二维空间的构成，并进而推广到三维空间构成上。后来，包豪斯自己培养出来的优秀人才艾尔博斯首创了以纸板材料进行教学实践的方法，让学生在不考虑任何附加条件的情况下，充分利用纸张的性能和构造，研究材料的空间美感变化，

图1-45-1 著名的巴塞罗那椅仍被当今现代年轻人所青睐

图1-45-2 里特维尔德设计的Z字椅

图1-45-3 受蒙德里安构成作品启发设计出著名的《红、黄、蓝椅》

从而奠定了立体构成的教学模式,这种教学方式一直延续至今,现在很多院校的立体构成课程还在沿用这种训练方式。

遵循的诸多原理与规律,使学生在训练过程中有的放矢,更好地培养和提高形态造型的能力,这样才能真正为将来进一步学好专业设计打下坚实牢固的基础。

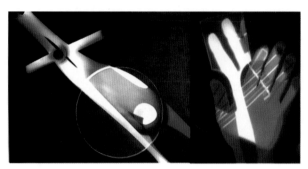

图1-46　莫霍利·纳吉将光引进基础构成作品两幅

前面提到的密斯·凡德罗是包豪斯的最后一任校长,他对形态造型"少即是多"的精辟总结影响了当时全世界的设计潮流,真正地把包豪斯精神不断延续并发扬光大。他坚决反对任何不必要的装饰,强调现代主义特征,并把功能主义基础转变成一种新的形式主义。

1933年包豪斯学院被德国纳粹强行关闭,虽然前后仅仅经历了14个年头,但包豪斯的建立对于整个世界设计教育及现代设计的发展起到了不可磨灭的贡献。纵观历史,包豪斯把艺术真正从过去一些特定的阶层、贵族以至国家的垄断中解放出来,通过降低艺术的生产成本、提高生产效率,实现了艺术与技术的高度统一并回归到社会大众群体当中。一直到今天,在人们平常接触的很多现代工业生产模式下的生活制品与生活环境,无论是城市建筑,还是家具器皿、工业产品,都还会看到"包豪斯"当年的影子(图1-47)。在追求环保与低碳生活的当下,包豪斯的设计理念不但不会过时,而且会更加起到推动促进作用,使之继续造福于社会的各个层面,带给我们更加美好的生活。

以上这些文字的分析与阐述并非纯粹地诠释设计形态的各种风格,而是试图理出一条历史的脉络,找到设计的源头与依据,指引我们当下设计学科教育所

图1-47-1　宜家家居卖场摆放的生活用品依稀还会看到"包豪斯"的痕迹

图1-47-2　宜家家居的灯饰展示区

思考与练习:

1.根据本章所讲的主要概念、历史事件、代表人物,搜集个人喜欢的具有典型三维空间形态特征的设计作品图片三十张,并对每张图片附上文字说明30字左右,进行作品点评(电子文档)。

2.查阅构成主义、风格派、包豪斯的相关知识内容,任选其一完成一篇论文,谈个人对其相关历史的认识(300~500字)。

3.以速写形式为主建立个人视觉日记,每天一张,图文并茂(手绘表现)。

第二章 三维空间立体形态认知

》学习目的 》

通过本章内容学习，从形态理解、分类，分析三方面入手，使学生建立起对三维空间立体形态全新的系统认知，为今后三维设计实际应用确立理论依据。

》学习关键词 》

积极形态、尺度、消极形态、框架、虚体、仿生形态、形态结构、刚接、契接、形态归纳。

第二章　三维空间立体形态认知

第一节 ///// 形态理解

研究三维空间立体形态，我们首先要从认识和理解形态开始。其实我们平时身边到处都是形态的各种来源，我们生活体验本身就是重要的形态设计源泉，感受和体验是最重要、最难得的。成功的设计大师在

这方面就是因为有个人特殊的体验与强烈的感受才会设计出惊世骇俗的作品来（图2-1）。因此说，对我们而言首先要关注生活的形态，每个人都有自己的特殊体验，这些体验将决定我们将来的设计风格，是产生灵感的源泉。

图2-1-1　柯布西耶传世之作《朗香教堂》建筑

图2-1-3　建筑南面立面的局部效果

图2-1-2　建筑从不同角度展现出个性的处理

图2-1-4　阳光透过大小不同方孔照射到屋内，更增添了建筑的神秘色彩

图2-2-1 两至三岁立体智力玩具

图2-2-2 同一款变形金刚玩具的两种变化

　　游戏是我们最早接触事物的方式，它属于一种无意识接触，是最直接的，因此游戏对每个人来说都是非常重要的。无论是现在幼儿园孩子玩的简单立体玩具，还是长大后玩的变形金刚、中国传统的立体玩具"鲁班球"等，都是对人不同阶段在立体思维与形态认知方面很有意义的智力开发方式（图2-2）。如果有人对此不是很了解或玩得不彻底的话，那么你对三维立体形态的认识、理解上就会迟钝、缓慢，影响往后更深入地研究。所以我们应该鼓励儿童在孩提时代就多与自然形态接触，主动与其他孩子进行游戏、交流，有意识强化立体形态理解能力，真正具备对三维空间形态的敏锐的判断力与感受性。

　　认识和理解形态很重要的一点就是要知道如何分析形态。从最初的原始社会到当今的数码时代，人们一直在不断地认识、发现、分析不同的形态，人类发展史本身就是一个不断发现形态、抽象形态、创造形态的历史。

　　从宏观哲学角度去理解形态，东西方有着各自明确的表达方式：太极图形代表东方，十字架代表西方；一个用S形曲线表现，另一个用直线代表，这是东西方文明留给人类的两大最重要的贡献（图2-3、图2-4）。中国人凡事习惯于从整体到局部、由大到小，先全面考虑之后再缩小思路，进入具体细节；而西方人则从具体局部到

图2-3-1 标准中国太极八卦图

图2-3-2 木雕上的太极图形纹样

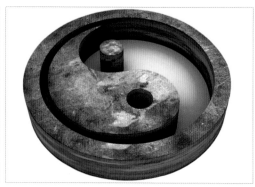

图2-3-3 太极图形的立体化表现

图2-4-1 立体十字架雕塑　　　　图2-4-2 基督教十字架工艺品　　　　图2-4-3 欧洲教堂中悬挂神圣的耶稣十　　　图2-4-4 美国·国家公墓鸟瞰
　　　　　　　　　　　　　　　　　　　　　　　　　　　　　　　　字架　　　　　　　　　　　　　十字架形成壮观场景

整体采取一种解析式思维方式，由点到线，以线性思维为主体方式。西方人见长于分析和逻辑推理，由直线组成的十字图形，横代表空间，竖代表时间，意味着西方对世界万物的全方位时空观。东方的理解则是曲线的、交错的、互混的、打破常规的时空观。他们富于想象力和依靠直觉，因此可以讲是一种圆形思维模式。直线和曲线又是造型形态的最基本表现方式，西方人基本上以直线为基础进行艺术创作与设计，而东方人则更强调用曲线来表达概念。直线与曲线的基本形态理解，构成了东西方两大体系的形态基础（图2-5、图2-6）。

图2-5-1 北京天坛祈年殿正面主体建筑　　　　　　　图2-5-2 天坛祈年殿俯视全貌

图2-6-1 西方文明发祥地希腊著名直线型建筑"雅典卫城"　　　图2-6-2 旁边建成的"新雅典卫城博物馆"依然保持着现代直线型风格

从微观具体文字上去理解形态，我们可以把视觉形态分为积极形态和消极形态，在视觉认知方面，积极形态主要理解以下基本要素：

（一）轮廓：是积极形态最基本的要素特征，我们去识别一个立体形态的整体感觉，首先决定于对形态整体轮廓的感知。轮廓界定了形态的边缘、大小、范围，立体形态的轮廓是弹性化的，不同的角度会呈现出不同的轮廓，不同于平面图形的轮廓是相对固定的（图2-7）。

图2-8-1　三角形金字塔神圣、肃穆、令人神往

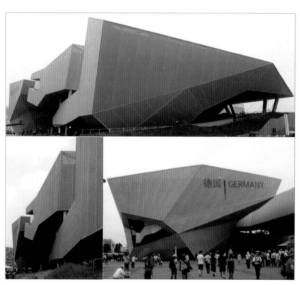

图2-7　上海世博会德国馆在不同角度所呈现出的轮廓

图2-8-2　某城市三角形雕塑给人向上、醒目之感

（二）尺度：是指立体形态的大小本身与周围环境特点相适应的程度。一般，我们把尺度的类型分为普通、超大、超小三种；同样轮廓的物体形态，不同的尺度人们在看到时所产生的心理感受是完全不同的，以人的比例为参照，形态的尺度越大，给人的印象越高大、震撼，反之越小的形态给人的感觉越细致、精巧（图2-8）。

（三）质感：主要特指形态的所用材质和表面工艺给人展现出来的视觉特征。对于相同尺度与轮廓的形态，使用不同的材料和加工工艺，所体现出来的质感是完全不同的。质感是由材料的材质、色彩、肌

图2-8-3　三角形几何形体尺度严谨、精细　　　图2-8-4a

图2-8-4b　三角形铅笔笔尖上超小尺度的微雕艺术使人惊叹叫绝

图2-9 同为方体形态，不同材料、质感给人的心理感受明显不同

理、光感等物质特性综合决定的（图2-9）。

消极形态主要理解以下基本要素：

（一）边界：是对消极形态的一种约束，是虚体的轮廓，是消极形态得以被感知、识别的依据。边界可以是明确的边缘线，也可以是模糊的区域，很多时候是与积极形态的轮廓和位置关系共同决定的（图2-10）。

图2-10 亨利·摩尔的抽象雕塑，丰富的轮廓变化很好地衬托出消极形态的边界

图2-11

（二）框架：以正方体为例，框架是对物体主要轮廓的一种限定性处理，框架所限定的空间由于有知觉场的原因仍然被感知为一个"体"，但它是消极的立体，里面可以用框架形式继续做限定性处理，与消极立体是一种共生状态，可以互相转化（图2-11）。

（三）虚体：是指实体周围的空间化状态。虚体与实体相互依存，一般情况下视觉感知的形态虚体要比实际形态空间体量尺度大一些，虚体在整个形态中越少，积极形态所占比例越大，整体形态看起来越稳重；反之，虚体所占比例越大，整体形态显得越灵动、透气（图2-12）。

图2-12 虚体所占比例不同造成积极形态各自的特征不同

第二节 ///// 形态分类

一、自然形态

　　自然形态是指宇宙和大自然中一切客观存在的物象形态，具体包括如动物、植物及各种微生物等有生命力的有机形态；还有如山、石、沙漠等无生命的无机形态（图2-13、图2-14）。自然形态的形成是依赖于宇宙的整体运动规律及大自然本身的自律性表现，不受人为的主观干扰，形成过程是客观的、不可随意改变的，如花的结构排列、叶脉的天然纹理、动物身上皮毛的美丽纹样等（图2-15、图2-16）。我们通过仔细观察这些美丽而有秩序的形态就会发现：自然界到处都体现着具有典型美的形式法则和视觉规律的各种形态，它们的生成

图2-13-1　植物的藤蔓具有天然的优美韵律

图2-13-2　企鹅在冰雪严寒中形成特有的有机形态与光滑皮毛

图2-14-1　荒芜的沙漠使人孤独、绝望　　　　　图2-14-2a

图2-14-2b　常年风沙侵蚀形成天然的地貌形态

图2-15

图2-16

图2-17　在显微镜下观察细胞晶状体结构呈现出的奇异之美，令人惊叹

并不单纯，总是各种综合因素交织混合在一起展现在人的面前，不同的外形、体积、颜色、肌理、结构通过重复、生长、交织、再生、更新、运动演变成一个整体，各元素之间互相渗透、融合，最后形成完整的形态。我们分析和解读自然形态的过程就是试图从中发现各形态要素之间内在的产生美的规律，并总结、揭示出秩序，在现实生活和艺术设计中充分地运用、升华（图2-17）。

二、抽象形态

抽象形态是从自然形态中抽取出来的，根据原型的概念和特征而创造出来的观念性形态。它针对具象形态进行变形、夸张、归纳和提炼，多数是以几何数理观念提升产生的纯粹形态，如正方体、圆球体以及由此发展衍生的具有高度秩序感的几何形体。

图2-18　一组抽象形态构成给人纯净、简约的视觉感觉

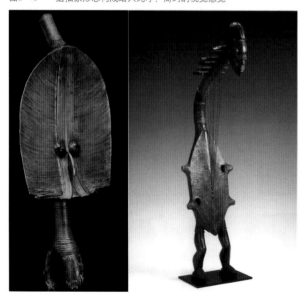

图2-19　淳朴的非洲木雕，抽象的造型语言透射出一种现代之美

抽象不代表没有内容，它虽然使人无法直接表达清楚原始具象形态的造型与含义，但在语义视觉传达上会充分地显示形态带给人的简洁、纯净之美。这种抽象形态表达方式的形成，不是来自形式表面特征的如何展现，而是来自于形式内在的力的结构，通过结构的内外一致，把隐藏其中的自然法则通过艺术的抽象形态达到结构上的统一"共鸣"，从而使之获得清晰的表达（图2-18、图2-19）。

抽象形态与具象形态是艺术创作过程中的两种处理方式，没有高低之分，它们的形成与不同艺术流派、不同发展时期有着密切的联系。人类进入现代主义阶段便开始了真正的抽象，当我们在欣赏现代艺术时，很多时候不太容易看懂，就是因为作品的抽象原因。抽象不是事物的表象化，而是从事物中抽象出来的一种形式概念或者状态（图2-20）。其实抽象的东西在我们的头脑中很多时候是最形象的，在设计中抽象形态被广泛应用到各个领域也正是这个原因，它可以很准确地表现功能与形式的高度统一（图2-21、图2-22）。

图2-20　几件现代装置艺术中形态的抽象表现

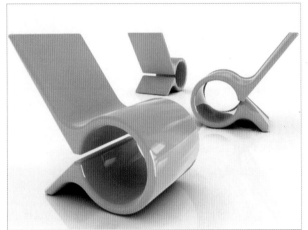

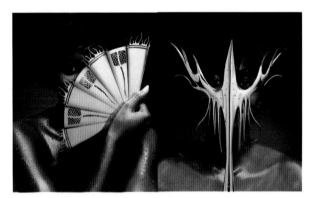

图2-22　时尚、抽象的配饰品与模特儿形成了强烈的对比

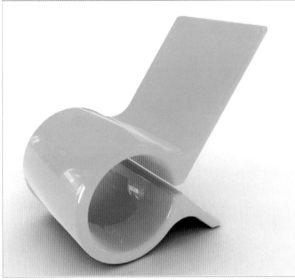

图2-21-1　形态抽象的概念式家具

图2-21-2　设计抽象的现代家具　　图2-21-3　抽象形态在灯具中的应用

三、仿生形态

仿生形态是介于自然形态与抽象形态之间的一种模仿性形态，在设计实践中被人们广泛应用并得到认可的一类非常有代表性的立体形态。人类模仿自然的天性自古即有，这种思维的日积月累引发了仿生学的产生并不断深入发展。人们不仅能处理好从简单的自然外形去模仿生物形态，还能够从生物奇特的结构中捕捉灵感，给人无限的想象。

仿生形态的形成主要分两种形式：一种是对自然形态的直接模仿，这样的形态相对于模仿物比较形象、逼真，一般以利用自然形态最熟知的特征来表现（图2-23）；另一种是比较抽象的模仿，人们会深入研究自然物的本质特征，然后去掉其中的细枝末节，最后保留并归纳提炼出自然物最具备生命力、运动感的抽象表情，用抽象的仿生形态模拟出来（图2-24）。

大自然的生物是具有生命力的，生命力是一种内在的力量，孕育着强烈的生命感。这也是仿生形态在设计创作中能独树一帜，越来越被设计师采纳和认可的根本原因所在。仿生形态的有机性、饱满性、流线型、运动感及生命力将会在未来的设计中更加显示出自身独有的视觉个性与魅力（图2-25）。

图2-25-2 形态充满着有机性、 图2-25-3 高度概括的抽象仿生形态，
仿生性，像一对热恋的情人在 像一个手舞足蹈的孩子般生动，可爱
相互呵护

图2-23-1 直接模仿手的形态表 图2-23-2 直接模仿蜈蚣形态设计的
现设计创意 仿生灯具

图2-25-1 夸张的抽象人物变形像随着音乐在翩翩起舞，形态婀娜多姿

图2-23-3 整体建筑外观像一只巨大的鳄鱼匍匐在地上，形象、生动

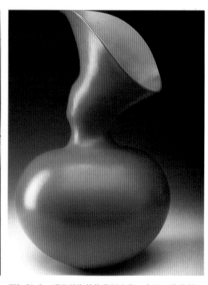

图2-24-1 灯具的造型仿佛抽象的水滴从天而降，趣味十足

图2-24-2 现代的陶艺作品形态像一个开口的葫芦，
包容中充满开放，体现出积极向上的强大生命力

第三节 ///// 形态分析

一、形态结构

在进行深入形态分析过程中，我们发现结构与形态的关系是一项非常重要的研究内容。形态元素相互之间的不同连接关系及排列次序我们称之为形态结构，形态构成概念的本质部分就体现在结构方面。从视觉外观上看，不同材料通过各种结构关系连接成型；从使用功能来看，结构的目的要用来满足于物体之间的相互支撑和符合力学构成原理。形态结构主要分类有以下几种：集合结构、线性结构、树状结构、网状结构（图2-26～图2-28）。它们之间的元素结构各不相同，集合结构属于同一种类型，线性结构是一

图2-26-1 集合结构在装置雕塑中的应用

图2-26-2 线性结构在灯具中的应用

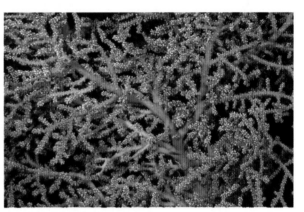

图2-27-2 天然珊瑚形成的树状结构

图2-27-1 金属工艺作品中的树状结构

图2-27-3 采用树状结构设计的装饰性花瓶

图2-28-1 网状结构在家具中的应用

图2-28-2 鸟巢建筑中典型的网状结构处理

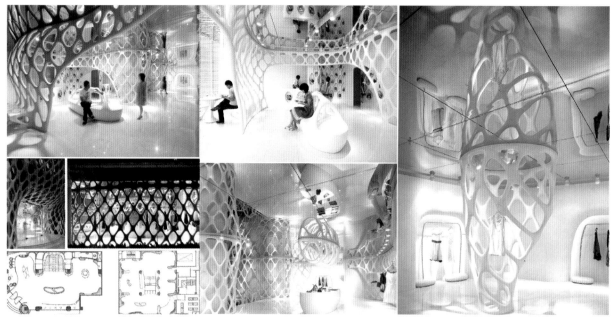

图2-28-3 网状结构在现代商业展陈空间的运用

对一，树状结构是一对多，网状结构是多对多，每个结点之间的组合又可以任意产生多个点。以上几种主要结构形式的实现一方面要依赖于形态实体构造和设计创意表达的需要，另一方面要充分考虑材料的物性和加工方式对结构连接方面的限定性要求。从实质上看，形态结构的设计是否合理主要决定于各种材料的力学要求。不同部件、材料通过结构的力学关系达到某一状态，关键要看形态的结构合理性是否能充分体现出来，是否能满足各材料部件的受力问题。中国传统的木建筑结构是结构力学科学应用的经典范例，斗拱、柱、梁等结构间的相互支

图2-29-1 中国最古老的木结构塔楼建筑

图2-30-1 中国大剧院顶棚刚接而成的钢架结构

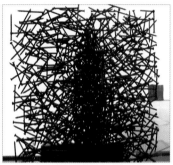

图2-30-2 运用焊接工艺刚接制成的金属工艺作品

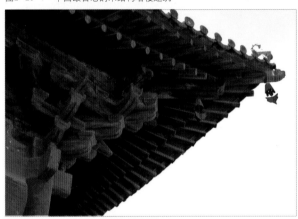

图2-29-2 多宝塔极彩斗拱局部

图2-31 双触屏滑盖式手机

撑、搭接对于建筑的稳定、承重、受力等方面都充分体现了结构的合理性（图2-29）。

不同结构与各种材料是否合理匹配是形态结构设计中需重点考虑的环节。如两者间不能够相互匹配将会导致结构不合理，不能起到很好的支撑作用和受力效果。形态结构与材料能否真正匹配主要看两方面：1.材料的材性，即材料的物理、化学及内部构造的本质属性。这些特征直接关系到结构的受力能力，最具代表性的如木材属于植物纤维材性构造，受力强度远不如坚硬稳定的石材，所以前面提到的中国传统木构建筑的规模尺度与耐久实用方面远逊色于西方流传至今的经典石材建筑。2.材料的材形，不同形状的材料受力大小也各不相同。线形材料灵活、轻盈，运用起来弹性自如，结构稳定；面形材料则覆盖、包裹能力突出，但结构支撑能力较弱；块形材料整体厚重，结实稳定，支撑力最强，但弹性较差，一旦结构固定很难轻易改变。因此合理地利用材性、材形，会形成合理的形态结构，并产生美的视觉构成。

形态结构的另一部分内容是结构连接，重点研究结点和结构连接件。结点是形态、材料相互交接的界限、交点，有视觉层面也有技术层面，我们更侧重于从技术实施的角度加以分析和研究，具体细分为以下几种：

（1）刚接：是指对不同材料部件采用物理或化学等加工方法进行连接，如用焊接或者螺栓、螺母紧固连接，目的是使形态的部件之间稳定牢固。刚接的连接方式是最为固定、不易被损坏的（图2-30）。

（2）滑接：主要是依靠材料本身和表面的摩擦程度形成相互连接，如手机的滑盖设计。滑接的特点是不够稳定牢固，容易变形，但在遭受破坏时对材料和部件的损坏程度也低（图2-31）。

（3）铰接：是一种类似轴承原理的连接方式，如通过各种合页将不同材料连接起来，也可以通过机构和

图2-32-3 欧司朗旋转灯采用了灵活的铰接结构连接方式

图2-33 利用契接结构组成的创意餐具

图2-32-1 利用铰接结构连接的迷你型订书器

图2-32-2 LG概念手机采用的铰接结构连接

图2-34-1 典型的中国木建筑传统榫卯结构

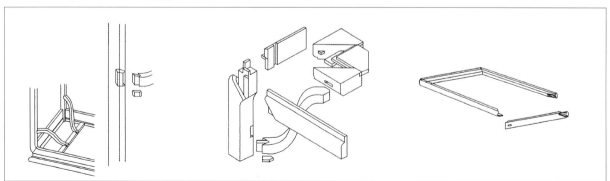

图2-34-2 明式家具中几种榫卯结构展开图

材料性质达到连接活动的功能。这种能起到铰接作用的部件在各类生活用品上被广泛应用（图2-32）。

（4）契接：主要靠形态的关键位置由材料的特别形状相互穿插契合，形成比较牢固的连接方式。最典型的是中国古典家具中使用的榫卯结构，契接是利用形态部件关键位置完全相互适形的特点达到契合，非常合理并不易损坏（图2-33、图2-34）。

结构连接件是一种标准化的连接不同材料、形状的物体，并能实现特定连接功能的部件。连接件是将材料结构中的结点抽离出来，形成单独部件。在使用中连接相同或者不同的材料，由于材料之间的物理性能相差较大，密度、伸缩系数完全不同，因此对结构连接件的使用功能要求很高（图2-35、图2-36）。

二、形态归纳

前面提过东西方文化存在很大差异，我们试图从哲学、人文角度进行分析，在更深层的意义上去归纳、把握形态。代表西方文化的典型符号是十字，这是西方物质和精神表现的标志性符号，也是整个西方文化结构的主要表现形式。十字由横竖两条直线相交而成，横线代表空间，竖线代表时间。也可以理解为经和纬，交叉构成一个网络，形成一个直线形的形态结构。这正是西方人分析问题的主要方法和看待事物的主要方式。代表东方特征的核心图形是太极图形。太极图中的曲线把圆形分成了两半，但实际上两部分又相互共生，你中有我，黑的部分有颗白点，白的部分有颗黑点。这两个点带动双方产生互动的因子，反映了中国的传统文化注重事物间的流动变化，整个图形体现事物间是连续的、运动的、有生命的、系统的、整体的特征，代表着东方人精神世界向往圆满统一的意识(图2-37)。

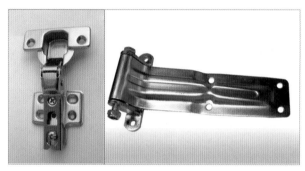

图2-35　在家具中使用率最高的铰链弹簧合页

图2-36-1　安装玻璃幕墙的标准结构连接件

图2-36-2　由大量钢衍架结构连接件组合而成的巨型建筑顶棚构造

图2-37-1　运用太极图形为创意设计出具有浓厚东方特色的现代书架

图2-37-2　利用直线十字架进行分割处理，设计出凹凸错落的现代家具

我们通过直线和曲线两种视觉形态作为代表性符号，再做进一步分析可以总结出西方的逻辑思维、黄金分割、分析哲学、结构主义等这些思想体系都与直线有关；东方的周易、太极、儒家、禅宗、宋明理学等经典思想都和曲线有关。以此东西方总体哲学思想为背景我们对视觉形态再进行衍生、发展，可以归纳为以下几大类：

1.三角形

三角形是直线的三元形态，一生二，二生三，三生万物。三是一个发生、发展状态，也有多的含义。三角形的结构比较稳定，在建筑中作为屋顶被广泛使用。三角形的尖角也代表锋芒、攻击性，寓意扩张、战争（图2-38）。

2.方形

方形是直线的四元形态，方形更加稳定，四平八稳，天圆地方，都阐述了方形的特征。方形在我们生活身边随处可见，大到城市、建筑的规划、布局，小到生活中的各种用具、物品（图2-39）。

图2-38-3 以三角形为元素的玻璃构成给人尖锐、锋利的感觉　　图2-38-4 以木结构搭建的三角形农场屋顶

图2-38-1 三角形结构楼梯

图2-38-2 以三角形结构组成的巨大建筑屋顶

图2-39-1 城市广场以正方体为形态的抽象雕塑

图2-39-2 方形元素在首饰设计中应用

图2-39-3 造型简约的方形玻璃茶几

图2-39-4 北京奥运会开幕式表演中的方形结构道具

3. 正六边形

正六边形是直线的六元形态，是能够相互连接组合的最佳形态。六边形能把力分解到各个方向，力是多向度的，有开放性和扩散性。六边形结构在我们生活中随处可见，蜜蜂的蜂巢结构、干旱的土地、物品的堆放等都可以证明它的最佳力学张力结构（图2-40、图2-41）。

图2-40-3 2005年世博会西班牙馆的蜂巢型结构建筑

图2-41-1 鲁美大连校区家具工作室学生毕业设计采取六边形设计的一组作品

图2-40-1 天然的蜂巢结构体现出极强的秩序感

图2-40-2 由六边形组成的紧凑、稳定的局部表面

图2-41-2 单体凳子局部效果

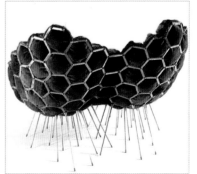

图2-41-3 利用六边形蜂巢结构表现的座椅背面造型

4.圆形

圆形是一个重要的基础形态，直线分割到最后就会演变成圆形，圆形便于滚动，受力均匀，不易破损。我们赖以生存的地球就是最典型的圆形，植物的果实、动物的卵蛋、被冲刷的石子等都意味着圆形是最有生命力的形态符号（图2-42、图2-43）。

5.S、螺旋形

S、螺旋形分别代表曲线的二元状态和多元状态，无论是在高空俯视山川、河流，还是身在蜿蜒曲折的万里长城；无论是植物天然的生长结构，还是建筑中人造的旋转楼梯，都体现了典型的S、螺旋形形态结构（图2-44、图2-45），具有强烈的韵律感、曲线性和生长性。

图2-42-1 经过雨水冲刷的石子圆润、光滑，富有生命力

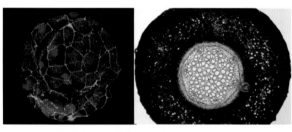

图2-42-2 在显微镜下呈现的动物圆形卵细胞

图2-44 不同角度的S形旋转楼梯

图2-43-1 现代陶艺作品的圆形构图给人圆满、吉祥之意　　图2-43-2 圆球形现代灯饰饱满中透着晶莹，成为装饰的亮点

图2-45-1 特殊角度下拍摄的螺旋形旋转楼梯韵律感十足

图2-45-2　天然海螺形成的优美螺旋造型　　图2-45-3　上海世博会沙特馆内部的螺旋形结构

思考与练习:

1. 东西方文化的代表性视觉符号对形态产生的深刻影响。

2. 如何在形态构成与设计实例中运用好各种结构连接方式?

参考作业:

1. 选择身边常见的线性材料(铁丝、PVC管、吸管等),以正方体为基础轮廓,构建、完成一个框架结构的消极形态。尺寸:边长20厘米左右(图2-46)。

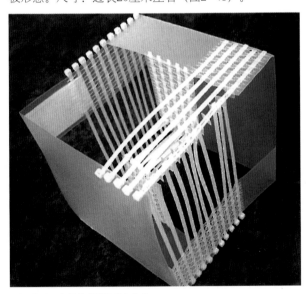

图2-46-1　中国美术学院学生作业

图2-46-2　利用现成的金属连接件合理、巧妙地相互连接,便于控制形态的生成状态,线性造型本身具有一定的起伏变化,使整体作品具有节奏感和动感

图2-46-3 这两件作品均不同程度地运用了传统的榫卯结构连接方式，使整个作品结构稳定，线材之间相互穿插、咬合，是学生可以重点研究的形态构成方式

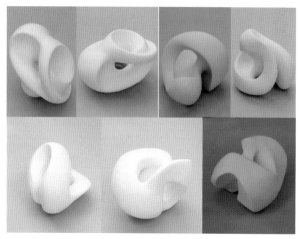

图2-47-1 鲁迅美术学院工业设计系学生有机形态训练作业

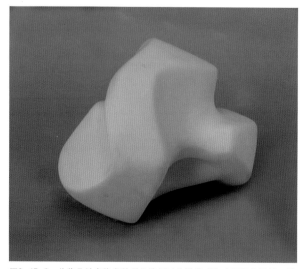

图2-47-2 此作品并未像多数学生选择以曲线构成为主强调有机性、韵律感，而是有自己明确的追求，更侧重形态整体的体积感与视觉张力，同样取得了比较理想的效果，"有感而发"对每个学生来讲都是最重要的

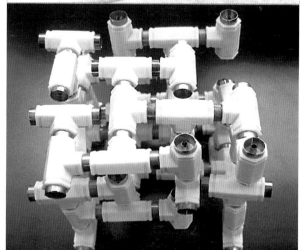

图2-48-1 以上是一组由中国美术学院学生完成的综合材料构成单体形态

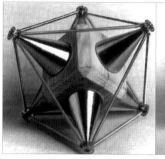

图2-48-2 这两件作品不但在材料对比搭配上有很协调的把握，而且在连接方式上既满足了使用功能又达到了视觉平衡，具有很丰富的点、线、面语言对比，反映出学生对形态构成很全面的驾驭能力

训练重点：充分利用线性材料特点挖掘各种框架构成方式，注意线形态与消极空间的有效分割、共生状态、建立层次丰富、视觉流畅、连贯的立体形态。

2.自由选择一种动物或植物，分析、归纳形态并进行抽象处理，设计完成一个具有仿生特点的有机形态。材料：油泥、石膏。尺寸：20厘米见方（图2—47）。

训练重点：强调整体形态的仿生特征、有机性，推敲、解决好形态线面的有机过渡、正负空间的合理转化，实现最终形态造型具有较强的生命力和视觉张力。

3.选择以立方体框架为基本轮廓，可使用不同材料（木条、铁板、钢管、有机板等），利用合理的连接方式完成一个对称的正形单体结构。尺寸：边长20厘米（图2—48、图2—49）。

训练重点：强化对不同材料的综合利用能力，深刻理解形态结构的组合构成及具体结点的连接方式，解决好形态物理力学与心理美学的协调统一。

图2—49

第二章 三维空间立体形态构成

》 学习目的 》

通过本章内容学习，使学生对形态、空间构成要素形成明确的概念并很深入地分析、归纳；重点掌握形态构成的形式法则，作为设计创作的根本依据，真正运用基本形态要素组织、构成好符合视觉审美规律的新形态、新空间。

》 学习关键词 》

虚点、垒积构造、拉伸构造、顶退层、底面、地台式、下沉式、立面、隆起式、下吊式、互面、锁、包容、渐变、特异。

第三章　三维空间立体形态构成

第一节 ////// 形态构成要素

　　世界万物中的所有形态无论如何变化、丰富，最后经过还原都会被人们归纳为点、线、面、体等基本要素。这些形态要素的衡量依据是以视觉上的尺度划分为标准的，尺度感直接决定我们对于形态的认知和识别，具体分类及特征分析如下：

一、点

　　点是三维形态要素中最基本、最纯粹的单位。所有形态都可以理解为是点的集合，犹如细胞组成了所有生命形态。点形态的视觉特征非常独特，知觉特点也很明确：点在视觉识别上有明显的会聚性和视觉中心性，并有停顿的作用（图3-1）。几何意义上的点只有位置，没有大小；但在视觉形态上，没有大小的点是不成立的，点只是一种视觉单位，而且是一个相对的概念，随参照系统的改变而不断转化，如地球对于我们是一个很大的概念，但在茫茫宇宙中也可以理解为一个点的形态。

　　在三维形态构成中，点可以分为实点和虚点两大类。实点是指以具体可视的现实形态所呈现出来的点，形状可能各不相同，但都具有较强的聚焦作用。任何以具体物质材料构成的，面积、体量弱小的直观视觉形态都属于实点的范畴，并会形成视觉力象中心，在两点之间会产生视觉心理连线，形成隐约合围的区域。虚点本身不占有空间，但视觉特征独特而抽象，能够感知到存在却又不具备实际体积、材料、形状等具体形态特征。虚点是一种借助具体形态在真实空间的相互关系中被人感知的抽象概念，如各种起点、顶点、终点、交叉点等（图3-2、图3-3）。

　　点的构成，可由不同的距离和不同的排列产生接近线或面的感觉，空间集聚会形成体的感觉。具体呈

图3-1-1　高清拍摄下水滴的瞬间停顿形成的点形态具有极强视觉会聚性

图3-1-2　现代装置作品中大点与小点的对比构成

图3-1-3　巨大的太阳在海面的衬托下变成了远处的亮点

图3-1-4　各种具有点状特征的精美纽扣

图3-2-1 特殊的角度与拍摄方式使太阳成为画面中的虚点

图3-2-2 纤维艺术的镂空处理形成了作品中的虚点效果

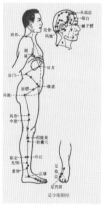

图3-3-3 人体主要经络的点位图

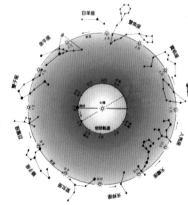

图3-3-4 十二星座的固定点状位置排列

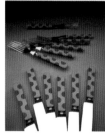

图3-2-3 刀具把手采取实点形图案进行装饰，与刀刃形成强烈对比

图3-2-4 显微镜下细胞的组织结构呈实点状有规律排列

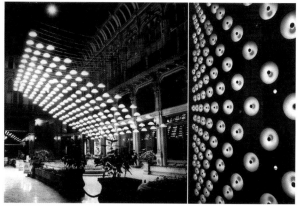

图3-4-1 空间环境的点光源装饰有秩序地排列，增强了空间的通透性与层次感

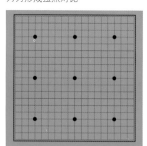

图3-3-1 棋盘上的各种交叉点

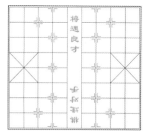

图3-3-2 盲人使用的盲文由各种凹凸不平的麻点组成

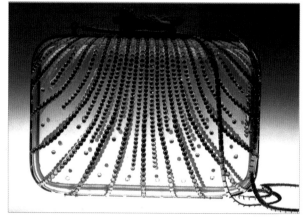

图3-4-2 点构成在时尚透明饰品盒上有韵律地搭配

图3-4-3 日本著名现代艺术家草间弥生的作品以运用点构成而著称

图3-4-4 现代时尚摄影图片中巧妙地运用点构成效果

图3-5-1 点的大小不规则排列给人一种忽隐忽现的视觉感觉

图3-5-2 看似偶然的点状元素集中聚集在一起，形成了抽象的人形雕塑

图3-5-3 不同颜色的点随意排列与细线组成的综合构成作品充满了活力

现关键取决于点相互间的排列距离及大小、数量的变化。无论怎样排列基本会形成两类风格：一种是很有规律强调秩序化的，另一种是很自由无序侧重随意性的；目的都是追求一种在三维空间里产生丰富层次，富有强烈立体感的效果（图3-4、图3-5）。

二、线

无论是艺术创作表现还是形态设计应用，线都是最为有效的视觉表达手段，线形态的特殊视觉特征主要体现在它的方向性、流畅性、通透性。线在三维立体造型中有着非常重要的作用，通过线材构成的立体形态给人以轻巧、透气之感，具有强烈的空间感、透明感，线本身又具有形体的"骨骼感"（图3-6）。

在三维形态构成中，线主要分为直线和曲线两大类。直线具有坚硬简洁、指示性强、比较男性化的特征。具体细化可分为垂直线、水平线、倾斜线，并给人带来不同的心理感受：垂直线和水平线都给人以稳定感，倾斜线则有失衡、跃动、穿插的运动感，使形

图3-6 线构成在美国城市雕塑中的运用

图3-7-2 由细线构成的现代装置作品给人一种千丝万缕的纤细之感

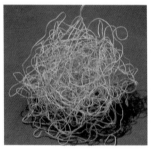

图3-7-3 由细线构成的现代装置作品给人一种千丝万缕的纤细之感

图3-7-4 破旧、零散的钢筋、木条以缝补的方式把石块连接在一起，与中间光滑圆球形成鲜明对比

图3-8-1 细胞组织的不规则线性排列

图3-8-2 细胞内在结构出现了像经纬线一样缜密、规则的排列

图3-7-1 由细线构成的现代装置作品给人一种千丝万缕的纤细之感

图3-8-3 "长城脚下的公社"竹屋建筑中运用纵横交错的竹子分割出内部空间，内外联动，虚实相生

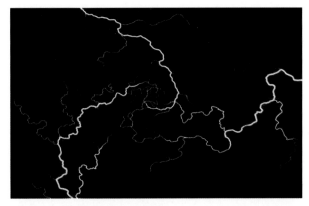

图3-9-1　闪电形成的偶然性自由曲线

图3-9-2　台北艺术馆空间构成的粗线条自由运用，视觉醒目，导视性极强

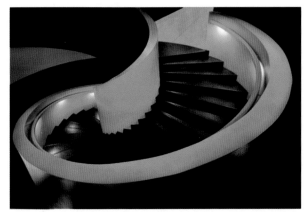

图3-9-3　几何式曲线构成的旋转楼梯盘旋上升，律动优美

图3-9-4　作品中曲线处理节奏鲜明，韵律感强烈，像一首正在演奏的"都市交响曲"

的感觉（图3-7、图3-8）。曲线具有丰富的弹性和变化，给人一种柔软、韵律的美感，比较倾向于女性化的特征。细化可分为几何曲线和自由曲线，几何曲线较为机械、理性、抽象、强调秩序性；自由曲线较为随意、感性、形象、侧重个性美（图3-9、图3-10）。

　　线与线之间的相互排列可以形成具有特殊视觉关系和力学结构的各种构成，最具代表性的有如下几种：1.线材框架结构：是线材构成中最典型的分割视觉空间的有效方式。由于线形在实际空间中并不占据多大的充实体积，因此最终视觉效果更多借助于框架线条之间围合形成使人产生心理的空间量场。2.线材垒积构造：对线材的组织、排列处理相对直接、明了，可以对线材有秩序地进行垒积，也可以是一种自

态充满活力。从线型的体量感去衡量，粗线给人感觉刚强有力，细线给人单薄、纤细之感；光滑的线条给人细腻、润滑的感觉，而粗糙的线条给人粗犷、豪放

图3-10 一组以曲线构成为主的现代概念式座椅设计

灵、透气的特殊肌理感受，并且在线材之间受力上更加稳固、合理。尤其在建筑设计中被广泛使用，可以有效控制成本，支撑巨大体量。4.线材拉伸构造：主要根据某些线材的材料特性进行相反方向的受力结构。以软性线材构成为主，一般是压缩和拉伸两种方式同时使用，便于调整、自由灵活，经常产生一些特征突出的视觉空间（图3-11～图3-13）。这些结构也是学生在立体构成作业中训练单项线材的主要要求依据。线材的构成能够创造出三维立体空间的性格和表情，并能产生速度感和韵律感，线的集合和聚散还可以产生面的构成，并给人留下深刻印象，因此在现代三维立体设计中被广泛应用（图3-14）。

然状态下的堆积。这种线材构成在运用中更多地要把握好与整体结构的对比关系及局部间的细微调整。3.线材网架构造：是由线材按照一定的结构有规律地穿插、交叉排列组成。网架构造在视觉上给人一种通

三、面

面在三维立体形态中是应用最广泛的形态要素，由于面是线移动的轨迹，因此不仅仅具有自身的特点，同时边界具有线的特征，视觉语言相对更丰富一些。面的视觉内涵轻薄而伸展，因形态的不同转换会呈现出线或体的特点。面在总体上给人的感觉相当于物体的"表皮"（图3-15）。

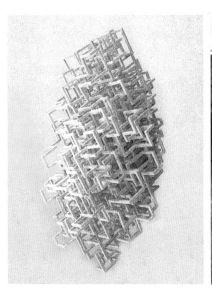

图3-11-1 装置雕塑中线的框架构造演变

图3-11-2 城市雕塑中运用线材的高低渐变形成有秩序的框架结构

图3-11-3 建筑空间采取木结构的线性框架构造进行

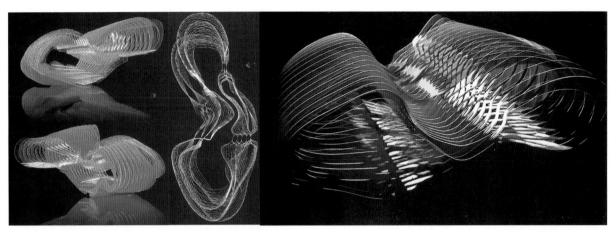

图3-11-4　利用线层造型构成的抽象形态

图3-12-1　上海世博会法国馆建筑运用了典型的网状线形结构

图3-12-2　中国大剧院顶棚钢架部分由垒积和网状两种结构共同组成

图3-12-3　建筑天顶的不规则网架构造

图3-13-1 现代首饰设计中运用了线的拉伸处理　　图3-13-2 运用软性材质形成的拉伸构造使空间充满了科幻效果

图3-13-3 利用拉伸构造完成的大型公共艺术作品

图3-14-1 线材的密集排列产生了一个规则的圆形平面

图3-14-2 室内空间的立面与顶面运用了线材巧妙的集合形成一个完整的自由曲面

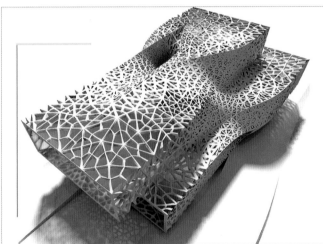

图3-14-3 概念建筑的表面由线形的网架构造围合而成，神秘、通透

在三维形态构成中，面大致上分为直面和曲面两大类，通过对面材表面进行卷曲、折叠、翻转、穿插等手段的处理，产生不同的形状给人形成不同的心理感受：如直面会产生平直、棱角、理性、结实的感觉，在形态上表现出男性化刚毅、有力的特征；而曲面会给人一种韵律、圆浑、感性、浪漫的感觉，在形态上表现出女性温婉、柔美的特征（图3-16、图3-17）。

面材之间按照美的形式法则进行规律性的排列、组合可以产生新的、理想的空间形态。

根据不同面材间的相互位置关系和结构关系的构

图3-15 由面材形态构成的抽象雕塑

图3-16-1 以直面围合而成的抽象立体形态棱角分明，与后面古典建筑形成鲜明对比

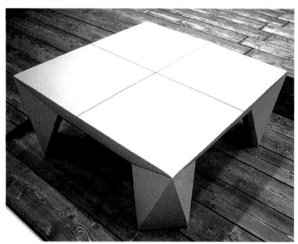

图3-16-2 平直、简洁的直面家具给人理性、干练之感

图3-16-3 直线面材加工制成的现代家具刚中带柔，理性、严谨

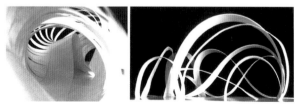

图3-17-1 曲面构成作品给人温婉、柔美的韵律感

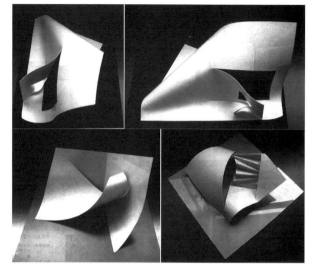

图3-17-2 通过对纸张的切割、折曲形成的曲面构成练习

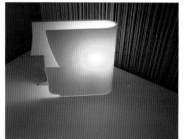

图3-17-3 灯具中的曲面应用

图3-17-4 曲面形态在抽象雕塑中的构成

成，可形成以下几种主要构造：1.面材折板构造：造型关键取决于折线的位置处理及折叠角度的控制，面材的折叠与弯曲是面材构成中最容易实现的处理手段。单一的面通过人为的设计、加工，折叠处理后会形成不同角度多个面的连接与转化，是很好的二维向三维形态过渡的构成方式。2.面材平行堆积：一般能够产生秩序感很强的层次，面材边缘线的起伏变化将决定整体形态的面貌。3.面材插接构造：面与面之间不仅相接，而且互相穿插可形成内部空间形态，有很好的力学结构和实用功能。插接构造的具体方式可细分为半插接和全插接，穿插的面可以是直面也可以是曲面，根据实际需要可灵活选择。4.可展开立体形态：把平面通过折叠和粘接形成立体的构造，是二维转三维的

图3-18-1　面材折板构造的服装设计

图3-19-1　面材平行堆积形成的
概念建筑模型

图3-19-2　利用面材竖向平行排列
的酒店玻璃装饰立面

图3-18-2　面材折板构造在室内设计中的应用

图3-19-3　通过面
层堆积构成的抽象
雕塑

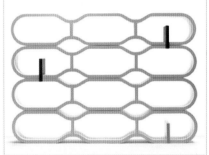

图3-19-4　由面材重复堆叠构成的家具

图3-18-3　鲁美大连校区学生毕业作品巾面材折板构造运用

图3-20-1　可折叠的二维转三维立体凳

典型构造方式。这类形态的最大特点是平面的展开方案需经过高度的计算，融入了一些数学方面的几何原理，需要设计者具备相应的专业知识（图3-18～图3-20）。在学生的立体形态教学训练中，以上内容也作为主要方式被广泛应用，通过对各种面材（纸、ABS塑料、铁皮等）进行构成练习，加深对面材形态特征的理解，培养学生对面材形态构成的创造性思维能力。

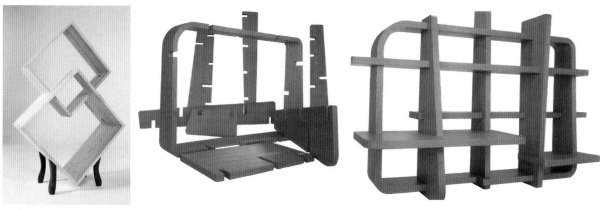

图3-20-2 面材插接构造在家具中的应用

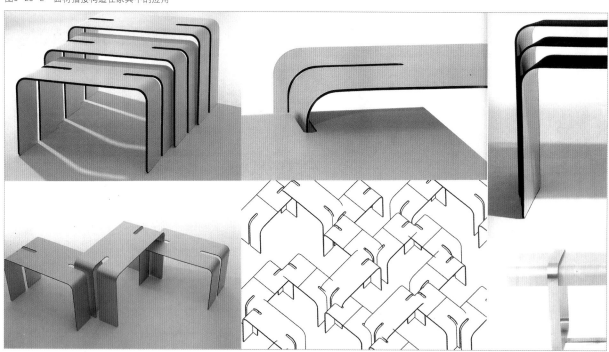

图3-20-3 利用面材插接原理设计而成的可以任意插接的组合小凳

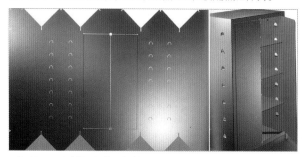

图3-20-4 通过展开面材形态的折叠构成的立体柜

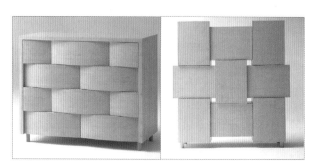

图3-20-5 以曲面穿插、编织而成的家具表面

四、体

体是三维立体空间中最能体现力量感和空间感的造型要素，是将面材的空间移动轨迹实体化的过程。体是三维基础形态中最完整的实体状态，其中涵盖了一定线的转折和面的包裹。体可以由面围合而成，也可以由块堆积而成，体块的形态特征充实、饱满、厚重、有力度，给人的感觉相当于形态的"肌肉"（图3-21）。

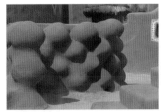

图3-21-1　由球形体块堆积而成的墙体造型

图3-21-2　由完整曲面围合而成的抽象立体形态

图3-21-3　一组以具象形态变形的立体城市雕塑

图3-22-1　植物开花积聚形成的立体形态

图3-22-2　企鹅在寒冷气候下形成的浑圆、饱满体形

图3-22-3　天然形成的山石偶然形态

体在三维立体空间中按形态归类可分为自然形体、几何形体、有机形体。自然形体在自然环境中天然生成，偶然性强，给人感觉亲切、生动、自然；几何形体是经人们高度提炼、总结出来的立体形态，具有较高的逻辑性和秩序性，给人感觉理性、精确、规范；有机形体是在模仿自然生命的某些特征基础上归纳、抽象而成的，相对于几何形体的机械、固定、棱角给人一种曲面丰富、融合、有机的感觉，具有一种很强的生命力（图3-22～图3-24）。

图3-23-1 抽象几何形体造型在设计中的应用 　图3-23-2 灯具设计中几何形体组合造型

图3-25-1 由正方体单体积聚构成的组合形态，错落变化，复杂有序 　图3-25-2 鲁美大连校区学生毕业作品中运用加法形态的重复构成效果

图3-23-3 抽象几何形态构成的现代家具作品

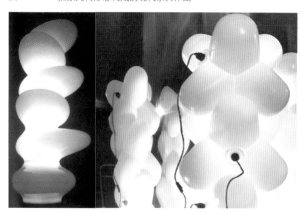

图3-24-1 现代有机造型的灯具设计

图3-25-3 中国馆内部装修局部空间构成的加法运用

图3-24-2 仿生有机造型的座椅设计 　图3-24-3 仿生有机形态构成的巨大不锈钢抽象雕塑

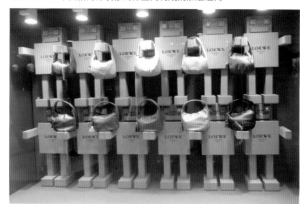

图3-25-4 橱窗设计中运用相同形态堆积叠加的方式布置

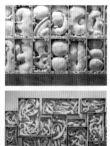

图3-26-1 采取特异形式构成的立体造型 图3-26-2 特异对比形成的现代装置雕塑 图3-26-3 趣味家具的加法组合 图3-26-4 近似、重复形态加法组合的现代装置作品

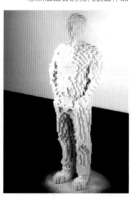

图3-27-1 运用切削减法原理构成的建筑局部造型 图3-27-2 经过分割、切削方式产生的抽象人物形态 图3-27-3 典型运用减法原理切割构成的立体形态 图3-27-4 切割、退层处理方式形成的特殊形态肌理

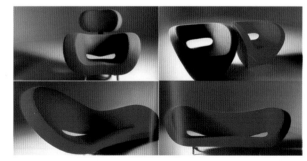

图3-28-1 建筑大师弗兰克·盖里运用减法原则制作的解构建筑模型 图3-28-2 运用减法原则切割形成的展柜造型 图3-28-3 简约家具的减法分割造型

　　体与体之间的形态构成处理方式主要分为两大类：加法创造和减法创造。加法创造是指将单位形体通过集聚、组合而形成更为丰富、复杂的空间形态，具体手段如重复、近似、渐变、特异、堆集、相贯等，最后达到视觉形态上纵横交错、虚实相生、各种视角平衡、统一的空间形态（图3-25、图3-26）。减法创造主要是指对基本形体进行分割、切削而产生新的形体，传达新的视觉语义，具体方式如分裂、破坏、退层、切割等手段，最终形成对形体的分解重构，产生丰富的空间层次、增加形态表情的正负空间形态（图3-27～图3-29）。

图3-29 减法切割的概念家具造型，正负空间转换鲜明，灵活

在真正的艺术创作与设计实践中以上阐述的单项要素很多时候都是相互渗透、共同体现的，这就要求我们在学习和应用过程中进一步理解点、线、面、体之间的空间交换关系，提高相互要素间的转化、运用能力，真正具备综合把握形态要素之间的创新能力与整合能力。

第二节 ///// 空间构成要素

人们经过长期的实践总结，对于空间形式的构成与创造积累了丰富的经验、方法。然而，空间是无限的，也是无形的，人们的视觉习惯通常只注意实体形态，多数时间不容易界定空间之间的明确划分，为空间分析带来了一定的难度。我们只有清晰地认识空间形态的典型特征与掌握空间构成要素的定义、分类，才能在复杂多变的空间关系中处理好各种视觉要素的整体把握。具体分析如下：

一、底面

底面是所有空间构成关系中的基面，是形成有限空间的最基本要素，同时也是判定一个空间范围存在的基本条件（图3-30、图3-31）。底面在所限定的空间范围内经常会被其他要素干扰，在空间限定关系中处于较弱位置。为了提高底面在视觉空间中的限定作用，一般采取以下两种方式处理：1.地台式：是以抬高地面的形式来区分出不同层次的限定空间。升起的基面与周围空间相比显得更加醒目、突出，在整体空间范围内制造出一个比原始基面更强的空间区域。地台式空间的视觉与空间连续性随着不同的处理会产生维持或者中断的变化，主要表现出神圣、肃穆、集中、权力等特点（图3-32、图3-33）。2.下沉式：

图3-30-1 通过不同图案装饰来区分地面，以形成专卖区域　图3-30-2 通过地面与棚面材料统一区别其他地面材料而形成专卖区域

图3-31-1 室内客厅采用地毯分割形成会客区域　图3-31-2 卧室设计同样采用地毯材质形成不同功能区域

图3-32 古代烽火台为满足功能上的需要采取提升高度的处理手段

图3-33-1 布达拉宫整体建筑的提升效果充满神秘感，让人肃然起敬

图3-33-2 布达拉宫局部地台的上升式通道

图3-37-1 倾斜、错落的水体景观像一首正在演奏的跌宕起伏的乐曲

图3-34-1 下沉式的露天小广场安静、私密

图3-34-2 下沉式台阶组成的景观喷泉

图3-37-2 大胆而富有激情的设计从地面开始倾斜，不断向上旋转、升起，空间充满动感、韵律

图3-35-1 "巨人"集团新办公空间的下沉式员工游泳池

图3-35-2 青岛"钻石"体育馆内部下沉式冰场全貌

空间比基面的升起给人的空间感更强，但一般落差不能过大，不宜超过正常的层高，否则会有楼上楼下的感觉，失去了下沉空间的意义。下沉空间的落差主要采取斜向或阶梯式处理，使不同高度基面的连续性得到了维持，具有内敛性、保护性、安稳性的特点（图3-36）。

在具体空间设计中有时根据需要也会把底面处理成斜面或高低起伏的错落，都会产生明确的运动导向和强烈的流动感、韵律感，能够积极地限制和制造新的底面空间（图3-37）。

图3-36-1 闻名世界的罗马斗兽场下沉式空间

图3-36-2 下沉式空间层次丰富，充满神秘感

二、顶面

顶面在空间构成中的地位会提升和加强空间的限定性，其限定形式受顶面的形状、薄厚、边沿大小及顶面与地面距离等因素影响。顶面与地面之间的高度

是以降低地面的形式产生一个界限明确、富于变化的独立空间。下沉的基面标高相比周围空间要低一些，因此会给人一种隐蔽感、安全感、区域感，容易形成一定私密性的限定空间（图3-34、图3-35）。下沉式

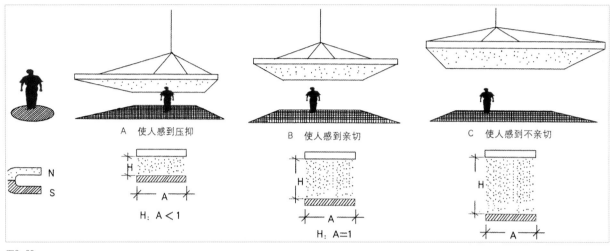

图3-38

对空间的影响较大，主要可以从两方面来进行分析：一方面指绝对高度，即相对于人真实的高度，顶面过低会使人感到压抑、不舒服，过高会使人感到空旷、不亲切（图3-38）；另一方面指相对高度，即顶面的面积大小与地面高度的比例关系：比例越小给人空间感越强，反之则空间感越弱。

在各种空间设计中顶面的因素显得非常活跃，也因此为我们提供了各种丰富的顶面形式，具有代表性的有如下几种：1.隆起式：穹窿的拱形处理有沿纵轴的内聚感，有向心、收敛、崇高的感觉，主要应用在神圣的宫殿、教堂的顶面处理。2.下吊式：顶面中央做下垂式处理给人离心扩散的感觉，它将人们视线引向外部，中轴线低垂而两侧升高时，具有沿纵轴的外向感。3.错落式：形式感觉效果与隆起和下吊有相似之处，只是整体起伏一般不会那么大，但区域界限有较明确的划分，会形成很丰富的层次感。4.曲折式：主要是以曲线、折面处理方式为主，横向会产生变化起伏的节奏，纵向会给人以引导流动的感觉，总之都会造成丰富扩展空间的动感与活力（图3-39、图3-40）。

图3-39-1　欧式餐厅的隆起式顶棚造型　　　图3-39-2　教堂的隆起式穹顶　　　图3-39-3　建筑的隆起式天窗造型

图3-40-1　中国馆内部局部顶面的曲折式处理使立面与顶面连为一体，颇具流动感

图3-40-2　中国馆局部吊棚采取错落式造型产生的立体层次

图3-40-3　曲折式吊棚在现代室内空间的运用　　图3-40-4　音乐厅的卜吊式吊棚处理

图3-40-5　装置艺术中运用错落式造型装饰顶部空间，给人波浪起伏的动感

三、立面

立面在空间构成中属于垂直方向要素的限定。由于人的视线与垂直面的角度又是一种垂直关系，因此同样大小的面垂直方向要比水平方向看起来显得更大，对空间的限定上立面比底面、顶面起的作用更加直接、有效（图3-41、图3-42）。

对于单一垂直立面限定的空间，我们可以理解为一个面将原有空间一分为二，并成为这两个空间的共用边界。在实际应用上通常一个立面并不能单独完成

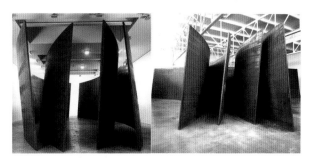

图3-41-1　利用立起的铁板直接围合形成的装置艺术作品

图3-41-2 世博会下沉广场的立面网格式 图3-41-3 共享空间运用立面抽象构成形成视觉中心
曲面构造

图3-42-1 米兰国际家具周现 图3-42-2 香港"马可波罗"酒店局部空间立面的特别处理 图3-42-3 香港海港城商场橱窗的立面设计富丽、
代的立面屏风充满了流动感 增强了立体效果 华贵,产生极强的视觉冲击力

空间限定的实现,必须和其他形式要素共同组合才能真正起作用。常见的立面组合方式有如下几种:1.L形组合:从它的转角处沿对角线下去,向外限定了一个空间范围;转角处具有强烈的限定性、内向性,被围合的部分间外空间感逐渐减弱,边沿部分外向性增强。2.T形组合:一组垂直的立面,限定了各自间的活动范围,同时充分地利用垂直面的两面,在有限的空间内形成了夹持状态,提高了空间的使用效率,多应用于展览空间、展示设计。3.U形组合:它的一面具有内向性,另一面又具有典型的外向性;内向性的一面极易成为人们的视觉焦点,外向性的一面能够带给人更积极的开放、互动空间。许多大型活动的主席台背景、企业标志背景墙的处理手段会利用这一原理。4.口形组合:这是室内空间中限定最标准的一种处理方式,俗称"火柴盒"式。在

图3-43-1　香港设计周展位局部组成的L形结构

图3-43-2　展厅L形角落布置的装置作品

图3-43-3　统一瓦楞结构造型营造出的U形专卖区域

图3-43-4　利用竖向线条间壁形成立面，与原墙面共同围合出U形私密空间

图3-44-2　香港设计周日本主题馆的方盒子结构

图3-44-1　内部局部空间L形结构

中心开敞的空间四周完全地围合产生出封闭的空间，很少受外界影响，有较强的内向性。口形组合空间的原则是尽量使空间内的空隙降至最低并使视线合理保留（图3-43、图3-44）。

在现实生活中，纯粹的单一空间状态并不多见，更多时候是多个空间的组合与共生状态，为了便于清晰理解组合要素，我们将空间组合的关系分为两个空间和多个空间之间两个部分，下面就各自的基本组合规律与组织方法进行具体的分析阐述：

（一）两个空间的组合关系：1.两个空间相互包含：一个相对较小的空间被包含在一个较大的空间之中，我们可以把它形象地称为母子空间。在这种空间关系中，小空间既是大空间的一部分，又具有很强的独立性和完整性，而大空间经常作为小空间的背景而存在。要在大空间背景下达到突出小空间的目的，可以采用形体、材质、色彩的对比来加以呈现。2.两个空间相互穿插：现代空间设计早已不满足于常规的封闭六面体和静止的空间形态，在具体应用上经常把两个空间相互重叠、交错，咬合成为一个公共空间区域。这样处理既保持着共有的空间区域，又各自保留着相互独立的部分，这种空间关系我们把它定义为相互穿插的空间状态。这种空间状态在现代空间设计中被广泛应用，设计师通过模糊空间的相互映衬以追求某种独特的空间感受，从而给人带来全新的空间体验。3.两个空间相互并列：在空间关系中两个空间并

图3-44-3　展会空间方形结构的售楼处设计方案

列是最常见也是最好理解的形式。两个空间并列的边界越清晰则彼此关系越独立；两个空间的边界越模糊则意味着相互间具有一定程度的连续性。此外，两个相互并列的空间如相隔一定距离，可由一个中介空间来过渡连接，也可被称作共享空间。在这种空间关系中，中介空间的特征起着决定性的作用。中介空间的形式和大小可与它所连接的两个空间不同，以表示它的连接地位，如采用走廊、中庭等处理手段，这样才能显现出它所起的衔接与过渡作用（图3-45）。

（二）多个空间的组合关系：1.线式组合：将体量或性质相近的空间按照线形的方式排列在一起我们称之为线式组合。这些空间既可以在内部相通进行串联，也可以采用单独的通道将若干单位空间组合构

图3-45-2b 荷兰某设计工 图3-45-3 建筑造型采取两个空间互相咬合、
作室以木作造型形成局部 穿插的方式
空间，命名"魔法隧道"

图3-45-1 世博会意大利馆内部大空间中包含独立小空间组合关系

图3-45-2a 荷兰某设计工作室以木作造型形成局部空间，命名"魔法隧道"

图3-45-4 洛杉矶大屠杀博物馆地上、地下空间相互穿插、重叠，使人走回历史，重温过去岁月

成一组空间系列。由于线性空间的特点使得此种组合方式具有比较明确的方向感，线式组合排列方式还可以细分为直线型、折线型、曲线型、环型、树枝型等

异型。2.中心式组合：是一种极具稳定性的向心式组合，由一个占主导地位的中心空间和一系列围绕其周边的次要空间共同构成。中心式组合既可以是完全对称的布局也可以是不对称的均衡排列。中心式组合空间既要有整体感，又不能过于封闭。此外还有一种空间组合方式由一个主导性的中心空间和一些向外辐射扩展的线式空间共同构成，呈现放射式和风车式结构特征，实际上是一种更为变异和多元化的中心式组合空间。3.组团式组合：是由一组形态、功能相近并关系密切的空间单元按照形状、大小和相互间的共同视觉特征自由地排列在一起而形成的一个空间组群。组团式空间组合之间联系紧密，地位相当，没有明显的主从关系。这种方式灵活多变，可以随时增加或减少空间的数量，根据功能需要自由添加，具有比较大的

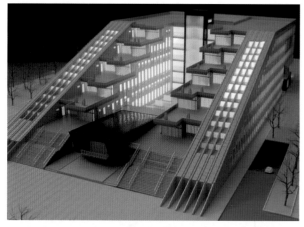

图3-45-5 两个空间相互并列的建筑模型

图3-45-6 两个并列空间之间的走廊起到了中介空间的过渡作用

图3-46-1 法国爱马仕精品专卖店内部运用线式组合

图3-46-2 国内某售楼处设计采用内部串联式线性组合,充满连贯性、方向感

图3-46-4 日本休闲会所巧妙利用软性线式组合分割空间层次

图3-46-5 中心景观形成的组合空间

图3-46-3 酒店空间的局部线式组合造型使人产生强烈的方向感

图3-46-6 利用自然植被形成的中心式组合建筑空间

图3-46-7　充满创意的绿色环保中心式组合空间

图3-46-9　苏州园林"一步一景"式的流动空间

图3-46-10　采用流动式组合的电子产品展示空间

图3-46-8　俄罗斯馆建筑群之间形成组团式关系

图3-46-11a　日本某大型发型沙龙采取网格式空间组合

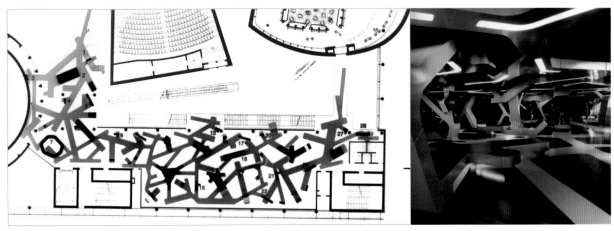

图3-46-11b　日本某大型发型沙龙采取网格式空间组合

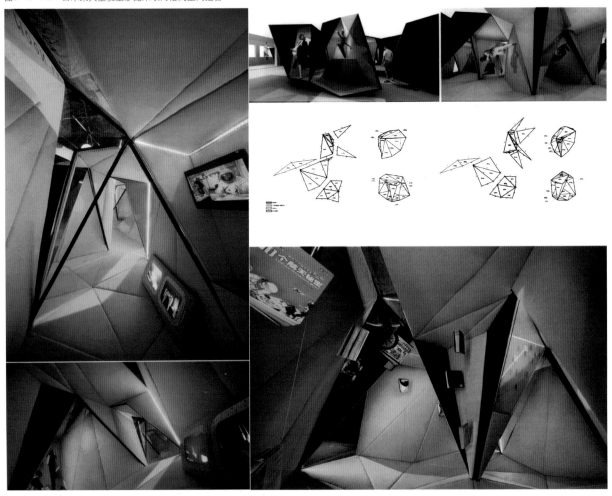

图3-46-12　欧洲月球临时商店采用三角形网格式组合空间

自由度。4.网格式组合：是指所有的空间均以一个具有明确规律性的网格作为依据进行空间组织的方式。网格的单元成为空间组织的基本模数，可以是方形、三角形或六边形网格，也可以通过变形、改变网格角度来增加其规则中的灵活性和丰富性。5.流动式组合：这种空间组合的特点是众多空间相互穿插，相邻空间之间限定模糊不清，有时分隔有时连和，具有动态的流动特征。以江南为代表的中国古典园林空间就是这种流动式组合的典型代表，"一步一景"、"曲径通幽处"都代表着步移景异的三维空间融入了四维时间性的流动式特征（图3-46）。在实际空间设计中我们要视具体情况对以上组合方式灵活运用，创造出更多各种丰富、完整的空间形式。

第三节 ///// 形态空间构成法则

三维形态空间构成形式的规律、原则与二维平面空间的原理大致相同，平面空间美的形式语言是利用视觉符号的错觉感知来集中体现，而立体形态的空间构成是靠本身的三维特征直接表现。关于美的形式构成法则是人们经过长期的生产劳动，在自然发展中逐步分析、学习，在大量的创作实践中不断归纳、总结出来的经典规律和应用准则，不会受不同地域、历史、人文等因素的影响。我们把这些美的规律作为所有造型活动的共同基础形成依据。

从总体上划分，我们把三维空间立体形态美的构成形式分为两大类：一类是以规律性的、有秩序的美为主，另一类是以打破常规的强调对比为主的美，具体法则分析如下：

一、重复

在形态空间构成形式中，重复是最有规律、最容易理解的一种构成法则，具体来说就是重复使用同一基本形态要素，在形状、体积、肌理、色彩、材质等方面进行反复的排列组合，最终形成一种绝对的平衡和统一关系。当然完全的重复排列有时会使人产生机械、乏味的感觉，具体运用时可在局部注意位置、方向上的变化、调整。重复构成的最主要特点是在特定范围内使基本形态视觉特征放大、强化，对人产生强大的视觉冲击力，形成秩序性美感（图3-47、图3-48）。

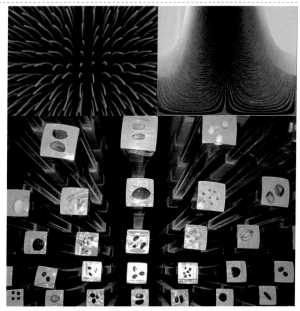

图3-47-1 世博会英国馆外部运用新材料的重复线形构成

图3-47-2 重复形式在现代装置作品中的应用

图3-47-3　利用彩色气球的重复排列营造节日庆典活动气氛

图3-48-1　点光源的重复构成使空间似繁星点点，晶莹剔透

图3-48-2　家具整体由　图3-48-3　相同元素的重复积聚形成了特殊的
线材重复包裹围合而成　视觉语言

图3-48-4　表面的重复排列好像给产品披上了一件美丽的铠甲

二、近似

近似是在重复的基础上把基本形态在形状、大小、高低上进行适当的处理、调整，近似规律的把握重点是控制住基本形态间的变化程度，对比不能过大，整体关系处于一种大的视觉平衡中，保持基本的重复规律，在此做近似的变化，形成既差不多又有细节变化的均衡状态（图3-49）。

图3-49-1　非洲土著图饰的近似构成　图3-49-2　近似构成在现代饰品中的视觉表现力

图3-49-3　利用近似手段构成的现代装置作品

图3-49-4　草间弥生运用个人标志性造型近似构成的大型综合装置艺术

三、渐变

渐变是一种体现节奏变化规律有代表性的构成形式，落实到空间形态构成表现为基本形态按照相应的趋势有规律地演变、转化，在形态大小、方向、位置、角度等方面逐步过渡、变化，最终形成秩序性很强的立体形态构成。在视觉对比上，渐变的强弱取决于"变量"的设定，如采取等差数列还是等比数列形成的渐变效果是有很大差别的。渐变的方式最适合表现形式法则中的节奏与韵律（图3-50、图3-51）。

四、发射

发射是另一种表现节奏与韵律美感的代表形式，它的主要特点是基本形态要素围绕一个或多个中心进

图3-50-1 黑白条纹的渐变排列形成了斑马的特殊肌理

图3-50-2 利用数字大小、疏密渐变排列产生奇妙的灯光效果

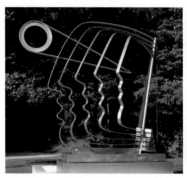

图3-51-2 现代装饰雕塑造型的渐变构成

图3-51-3 建筑内局部造型采取渐变式构成

图3-50-3 建筑顶棚造型的渐变处理使整个空间具有强烈的节奏感

图3-50-4 单个器物上采取局部渐变的装饰处理

图3-51-1 城市景观设计随地势变化采取视觉形态的渐变对比，秩序感很强

图3-51-4 形态方向上的渐变使空间充满节奏感、穿梭感

行放射状排列，可以形成向心式、离心式和多心式的组合关系，形态构成效果或静或动，在很多天然形态和人为设计中体现出特殊的视觉美感，给人们留下了深刻的印象。发射在很多设计应用中是与渐变、重复共同使用的，既有变化又秩序统一（图3-52、图3-53）。

图3-52-1 运用发射形式表现的彩色折纸造型

图3-52-2 海底水母特殊角度呈现出的发射式心形造型

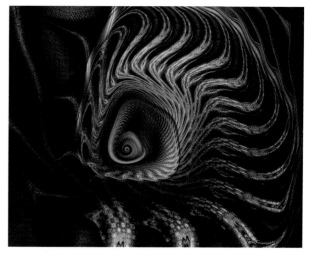
图3-53-2 律动感极强的发射形态构成

图3-52-3 抽象装饰雕塑形态的发射构成

图3-52-4 孔雀羽毛局部放大呈现出的发射结构

图3-53-3 体育馆巨大的同心圆式发射结构棚顶

图3-53-1 建筑顶棚采取的伞状发射构造

图3-53-4 特殊角度旋转楼梯形成的蜗形发射结构

五、对比

对比是形态构成中最具普及性的形式法则，在所有构成形式中都需要考虑到的重点因素。狭义的对比是指基本形态间的视觉搭配在特定的范围内形成明显的差异化关系，无论在形状、大小、材料、色彩、疏密、曲直等各方面都可以作为空间形态相互对比的依据，通过形态特征的强烈反差来体现形态内涵，并保持视觉上的均衡、协调。对比所产生的效果也是相对的，有弹性的。可以是很直接的、醒目的对比，也可以是很含蓄的、巧妙的关系；可以是单纯的、简明的，也可以是复杂的、多变的（图3-54、图3-55）。

图3-54-1 草间弥生作品中采取点、线对比产生肌理强大反差

图3-54-2 现代雕塑视觉语言形成的强烈对比

图3-54-3 作品同一种材质处理出形式感很强的视觉对比

图3-54-4 作品主体与背景环境的对比构成关系

图3-55-1 现代首饰装饰部分与项圈形成的对比反差

图3-55-2 现代座椅扶手与椅面不同材质的曲直对比

图3-55-3 吊灯的灯线与灯　图3-55-4 概念座椅设计的粗细对比效果
泡形成点线密集对比

六、特异

特异是对比关系中最强的一种特殊构成形式，强调的是基本形态组合间的突变，与重复构成了美的形式的两极。去掉特异部分，整体的形态组合状态恰恰是重复构成。特异追求的是在视觉上通过小范围的特殊变化与大部分的整体统一形成强烈的反差，达到突

出重点、集中形成视觉焦点的目的，最终形成"万绿丛中一点红"的特殊对比效果（图3-56、图3-57）。

人们追求审美是为了满足自身的精神需要，达到视觉、感官上的愉悦、享受。人作为一种有思想的高级动物，本能就会向往美好的事物，整个自然界都是具有和谐、统一的本质属性。以上介绍的各种形式法则就是通过总结反映在人们头脑中的具有普遍意义的形式美规律，这些概念无疑会成为支配人们进行各种创造活动的根本依据，并将随着时代的发展而不断更新、完善。

思考与练习：

1.收集具有点、线、面、体特点的有代表性形态实例图片各30张，从中挑选重点整理到视觉日记中，并附上文字说明及个人心得。

2.围绕空间构成中的底面、顶面、立面，通过本章介绍的相关内容结合图片进行分析和评价，整理到视觉日记中。

3.形态空间构成的形式法则有哪些？各自特征是什么？

图3-56-1 现代装置艺术中运用手纸表现出的特异对比效果

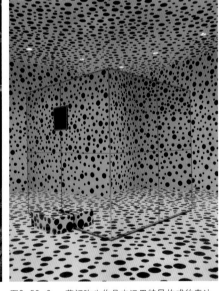

图3-56-2 草间弥生作品中运用特异构成的表达方式

图3-56-3 特异对比在 图3-56-4 抽象雕塑中的特异构成表现
设计中的应用

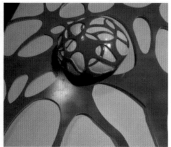

图3-57-1 酒店入口处的特异 图3-57-2 设计模型中特异形式表现
构成设计

图3-57-3 设计作品中特异对比的运用

参考作业:

1.用硬质或软质线材（可结合）完成线材立体形态构成，可选择框架、垒积、网架、拉伸构造进行表现，要求结构完整，秩序鲜明、丰富。尺寸：边长30厘米左右（图3-58、图3-59）。

2.用面材（纸、KT板、塑料、铁皮等）任选一种方式（折板、堆积、插接构造或拼接曲面体）完成一件

图3-58 身边并不起眼的材料同样可以作为练习的"道具"，麦穗、车条本身就包含着线条美的构成特点，敏锐的判断力与捕捉能力有时会起到"事半功倍"的效果

图3-59 这组传统的典型线材构成作品对今天的学生仍有很好的学习、借鉴作用，掌握这些基础构成规律、表现手段，在以后的综合创作实践中一定会"自有用武之地"的

立体构成练习，要求层次丰富，结构稳定，注意视觉美感。尺寸：边长25厘米左右（图3-60、图3-61）。

3.任选加法或减法方式创造完成一个块材立体形态构成作品。尺寸：边长20~25厘米。材料不限（图3-62）。

4.以正方体为基本形态，运用加法或减法手段进行立体形态方案设计，手绘五套以上方案。A4纸上完成（图3-63）。

5.任选一种方式（穿插、包含、并列、网格、流动），完成一个组合空间模型。尺寸：底座A3大小，材料：KT板、ABS板、灯箱片（图3-64）。

6.运用任意一种形态构成法则完成一个具有主题性的综合立体形态构成作品。尺寸、材料不限（图3-65）。

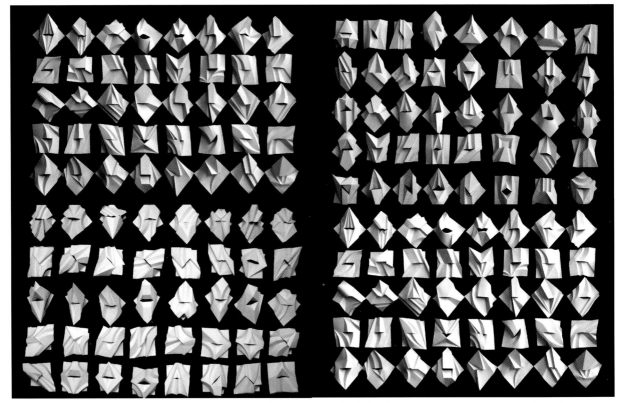

图3-60-1　运用纸张进行单体折曲练习是很好的二维向三维过渡性训练，充分利用中间的裁口是作品成败的关键，同时也要兼顾配合平面形成的视觉分割、对比平衡关系

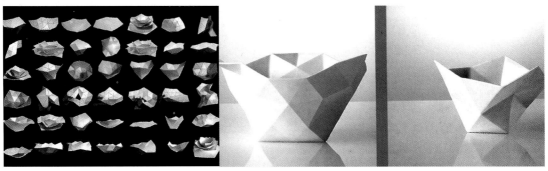

图3-60-2　运用面材折曲原理构成的完整曲面立体形态作品，具有很强的现代装饰性，同时也具备实用功能，在灯具、配饰方面应用较广泛

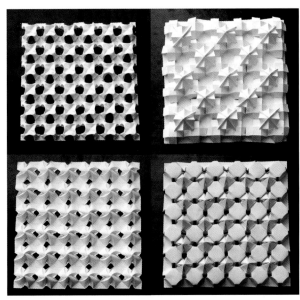

图3-61-1 这组作品是鲁美工业设计系多年来一直延续的训练课题，借助平面构成中的重复原理延伸至立体范围，通过设计裁口、折叠方式可形成单层或多层的秩序结构，产生很丰富的肌理美感

图3-61-2 一组运用卡纸折叠手段设计制作的面材单体结构形态，完成作品的关键是能够准确地推出立体形态的平面展开图，此过程对学生的立体思维逻辑推理能力是一种很好的强化方式

图3-61-3 由硬质纸板通过切割、折曲、穿插手段完成的面材概念立体形态，正负空间转换自如，视觉对比丰富，适用于建筑概念空间的展开、构成

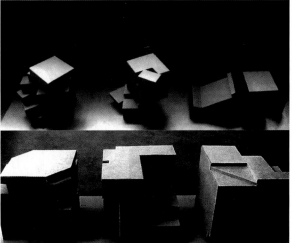

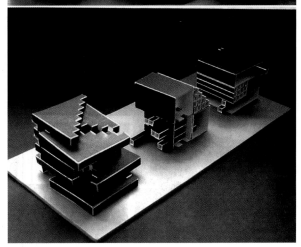

图3-62-1 以减法为主完成的正方体分解后重新组合的形态构成，重点侧重分解后形态各部分之间的内在联系与组成新形态所产生的强烈反差

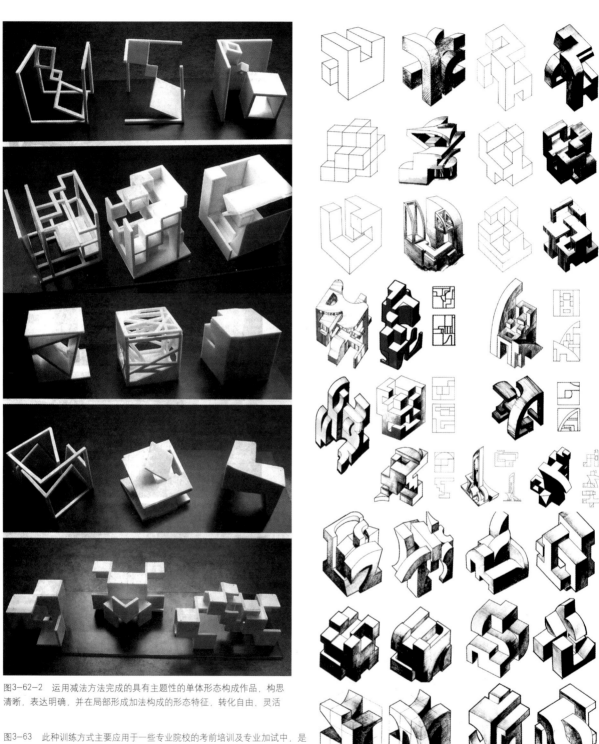

图3-62-2 运用减法方法完成的具有主题性的单体形态构成作品，构思清晰，表达明确，并在局部形成加法构成的形态特征，转化自由、灵活

图3-63 此种训练方式主要应用于一些专业院校的考前培训及专业加试中，是一种对学生立体思维想象能力与形态构成能力很实用的辅助练习方式。在大学的立体形态基础教学中可适量增加强化训练

图3-64-1 运用KT板材料，采取穿插、包含、网格、流动等方式综合完成的一组组合空间模型，作品充分运用水平、垂直两大界面要素的各种组合，穿插产生层次丰富的共生空间

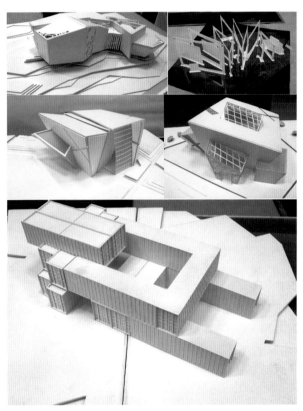

图3-64-2 鲁美大连校区展陈工作室学生作品

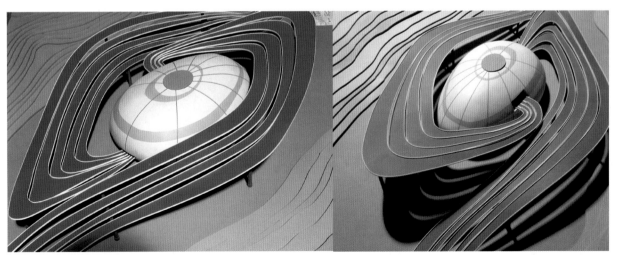

图3-65 鲁美大连校区学生采用ABS塑料，运用线式、中心式空间组合手段设计制作的一组主题建筑空间创作作品

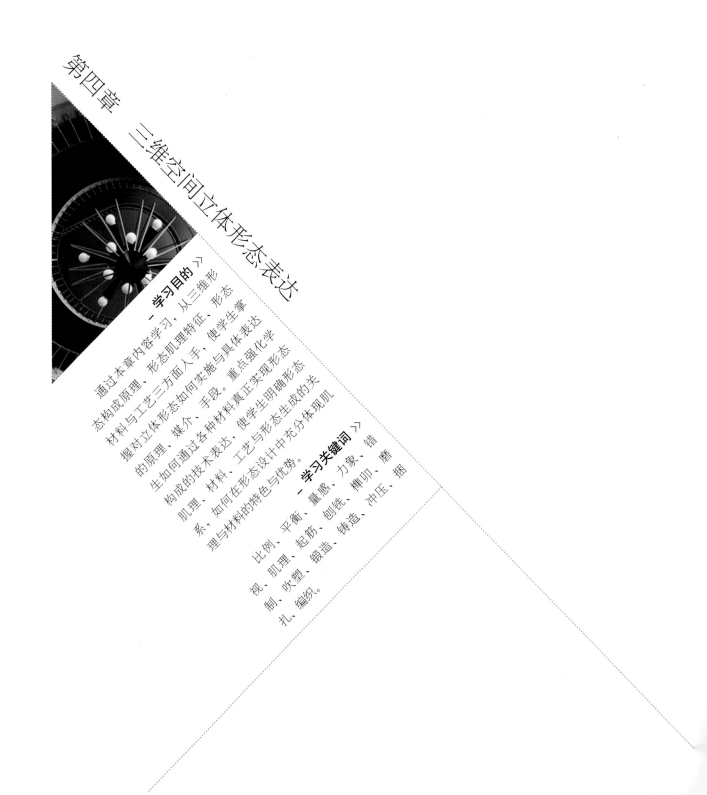

第四章 三维空间立体形态表达

一 学习目的 》

通过本章内容学习，从三维形态构成原理、形态肌理特征、形态材料与工艺三方面入手，使学生掌握对立体形态如何实施与具体表达的原理、媒介、手段。重点强化学生如何通过各种材料真正实现形态构成的技术表达，使学生明确形态肌理、材料、工艺与形态生成的关系，如何在形态设计中充分体现肌理与材料的特色与优势。

一 学习关键词 》

比例、平衡、量感、力象、错视、肌理、起筋、刨铣、榫卯、磨制、吹塑、锻造、铸造、冲压、捆扎、编织。

第四章　三维空间立体形态表达

第一节 ///// 形态构成基本原理

三维空间形态构成可以理解为将不同单元形态组合成一个统一的整体。所有的基本形态像一个团队一样协调工作，当一个基础元素成为主体时，其他元素就变成辅助起陪衬作用，如处理不得当就会造成不和谐的效果。变化与统一是所有构成中总的原则，我们有必要了解一些形态构成中有关美的基本原理，作为三维形态设计的依据与基石，具体内容如下：

一、比例

比例在三维形态构成中是指某一立体形态构成各个元素之间相应尺度变化的测定。也就是说，立体形态的各个部分间要具有良好的视觉尺度关系，正确的比例关系，视觉上会感到舒适、协调，而立体形态构成的比例就是对各种材料在空间范围内的位置、长短、宽窄、薄厚、面积、色彩、肌理等做出某种规定，使各种元素之间的比例关系形成一种视觉上的形式美感。形态构成的基本比例关系我们一般分为三种：模数比例、系数比例和非常规比例。模数比例是指形态中的长、宽、高之间会设定一个相对固定的参数，而系数比例是指偏向于几何学计算出来的比例关系，如各种等差数列比、等比数列比、黄金分割比等。非常规比例代表某形态与周边环境或人之间运用不太常规的比例关系相互映衬的夸张表现（图4-1、图4-2）。比例在实际运用中是一种灵活多变的使用方式和处理手段。

二、平衡

平衡是指形态的各部分之间承载着相同的视觉重量，在三维形态设计作品中，平衡作用必须通过所有观察点来完成。平衡原理建立在力学基础上，它不仅体现在形态的各种视觉要素上，同时也体现在物理量

图4-1-1　利用黄金分割蜗形曲线的系数比例构成的组合家具

图4-1-2　利用等比数列改变角度形成的抽象雕塑构成

图4-1-3　具有系数比例关系的旋转烛台

图4-1-4　系数比例产生的优美曲线

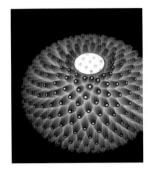

图4-2-1 模数比例在装饰灯具中的运用

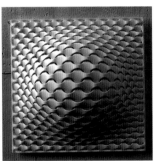

图4-2-2 模数比例在现代设计中的充分表现

图4-3-1 完全对称的平衡构造使人内心平静、神圣

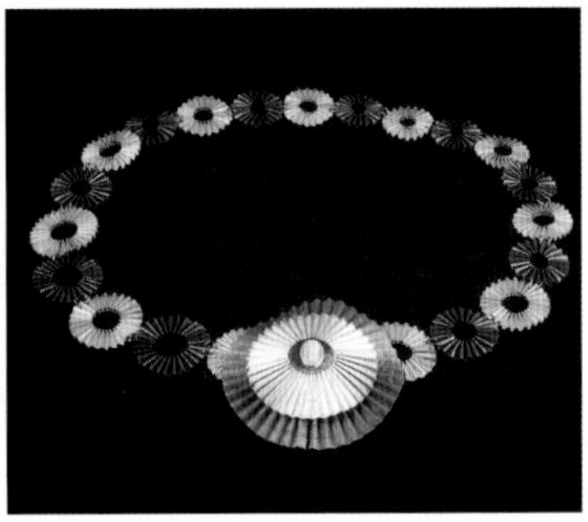

图4-3-2 具有对称平衡效果的首饰设计

图4-2-3 包含精确模数比例的秩序结构

图4-2-4 通过对人的指纹进行放大形成非常规的比例关系的概念建筑设计

图4-3-3 沈阳故宫主殿的对称式建筑

图4-3-4 对称平衡的建筑顶部结构

感上，是真实的地球引力支配下的三维空间的平衡。平衡的类型一般分为两大类：1.对称平衡：在立体空间中所有形态要素都沿着中轴线对称分布，构成形式在物理上和视觉上是稳定、统一的。对称平衡能给人庄严肃穆、平稳均衡的感觉，主要应用于一些纪念性、政治性及宗教性的建筑与格局，体现特定意义下建筑与空间的内涵（图4-3）。2.非对称平衡：是一种相对性的平衡，指一个形态中两个相对部分不同，但整体量感相似从而达到力学与视觉的平衡状态。它不需要将中轴线两边的部分相互对称仍可实现视觉元素之间的平衡关系，最终的效果可能是很稳定的，也可能是很有动感的，这主要取决于不对称的程度（图4-4）。观察者通过三维形态与空间的平衡状态去感知其中各种单元要素的组织和所起到的作用，这是静态的构成可以展现动态生命力的本质所在，因此我们要在设计中重点掌握好平衡的基本原理并很好地理解和运用。

图4-4-1 埃及石柱群并不对称的结构依然给人平衡、安静的心境

图4-4-2 爱琴海边的白房子平衡中透露出浪漫的意境

图4-4-3 两侧不同的门窗排列并不影响整体的平衡对称格局

图4-4-4 整体形态的强烈反差依然保持着均衡的视觉效果

三、量感

量感主要指视觉或触觉对各种物体的规模、承载、程度等方面的感觉。具体反映为对物体的大小、长短、轻重、薄厚、粗细、软硬等量态变化的感性认识。量感是三维形态构成法则中重要的基本原理，如作品的形状、体量、力象关系之间的疏密安排，形态动静的衡量标准，对称或者倾斜的构图布局，都是以作者和观众的视觉及心理量感经验为判断标准的。物体本身的体量、重量与数量等属于物理量感很好理解，但在对人心理方面产生的影响就很难测量，如相同款式的两台轿车停在路旁，同样的物理重量，一台黑色而另一台白色，我们会习惯性地感觉黑色的比白色的重，这说明心理量感在判断中是存在的，并起主导作用。量感的产生除了来自物理和心理两方面因素相互作用外，与人自身的绝对体量也有关联。人在认识周边的事物时会不自觉地以个人的衡量标准来判断量感，如当我们面对广阔的大海远眺过去，一望无垠的海面所形成的绝对物理量会使人深感自己的渺小；但当自身坐在飞机上俯视群山峻岭时又会瞬间感到自己的宏观与崇高。立体形态构成中的量感主要关注的是人们从心理层面上对形态本质的感受与分析。量感在具体设计中应用广泛，无论哪种门类我们都应通过量感的把握来进一步表现作品的特点与内涵（图4-5、图4-6）

四、力象

力象是指对固定的形态要素施加一定的外力而产生运动变化，并能保持整个形态的有机统一关系。如果一个形态始终要保证其形状和结构完整、稳定而不散架的话，就必须经受得住来自各个方向的各种外力，同时又必须受这些力的支配。我们生活在一个地球引力支配一切的世界里，许多形态结构为保持稳定性必须在力象方面考虑到物体在受到外力作用时所产生的变形抗力，以确保力象的平衡从而避免结构的倒塌。通常冲击结构的各种受力要比单纯的重力引力更为复杂，主要的受力方式从方向与角度上区分可分为

图4-5　美国抽象雕塑大师亨利·摩尔的作品中呈现给人不同的量感特征

图4-6-1　夸张的倾斜处理　图4-6-2　量感轻柔的纤维作品
使整体形态给人带来极其不
稳定的量感

图4-6-3　自由曲线的搭配增强了整个家　图4-6-4　浑圆的球型结构使
具柔软的量感表达　　　　　　　　人产生厚重的量感

压力、拉力、弯曲力、扭力和剪力。等边三角形是最好的能够抵抗住所有这些力象所造成的变形的线性形状。如三角支架，这种结构就能非常有效地分散受力，并极大地增加强度。大规模使用的话，就好比建

筑空间如同网状的大梁一样，不仅增加了强度，而且增添了美感（图4-7）。良好的结构同样也要能抵抗得住弯曲、剪切和扭动力。如一个人坐在椅子上其自身重量会在椅子的各个部分施加压力以及相互作用并产生可逆的张力。当某一结构单元中压力转移、偏离到一侧时便导致产生弯曲力，会约束单元要素的长度。当结构中的各个构件向相反方向推动一侧时便出现剪力，结构材料必须能够在某个剪切点上不易被撕裂，而此点通常会位于各个构件的汇合处。很多抽象雕塑作品的表现都依据以上各种力象的原理和特征（图4-8、图4-9）。

图4-8-1 根据人自然产生的力象为依据设计的座椅　图4-8-2 根据人体主要受力部位的力象特征设计出的躺椅

图4-9 符合材料力象要求合理构成的抽象雕塑

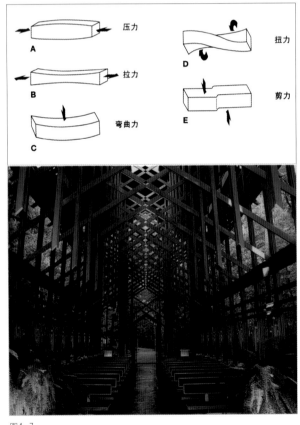

图4-7

五、错视

错视即主观判断与客观实物产生的不一致，又称视觉假象，意为视觉上的错觉。错觉是属于生理上的，不单是指视觉上的感觉，还包括在听觉、触觉、味觉和心理上的错觉。有趣的错觉现象经常揭示出连接感觉和知觉媒介的某些本质。艺术家和设计师可以有意创造一个矛盾的背景，运用视觉系统引起人们极大的错视，产生作品的趣味性。在三维形态构成中，我们把错视的种类一般分为三类：1.形态错视：指视觉上形态的大小、面积、向度、前后等方面和实际真实的结果有明显差别的错视。原本明确的形状随着背景和环境的变化会产生变形的效果，形态错视通常表现为透视、光影错视和形体反转。2.空间错视：具体表现为正常状态下的空间形式与状态由于构造方式、进深、位置等因素的重叠、并置而发生了变化，从而产生了错视现象。3.运动错视：主要体现在动态中物体的重心不稳、表面起伏或与其他因素的共同联动而产生的特殊错视。一般使人产生动感的联想，主要出现在现代雕塑、装置、创意摄影作品中（图4-10、图4-11）。通过对错视的学习与了解，可以使学生对各种错视现象产生浓厚的兴趣，并在创作中巧妙地加以利用。

图4-10-1 利用错视原理对图片与实景进行巧妙并置所产生的创意作品

图4-10-2 形态错视手段在室内创意设计中的应用

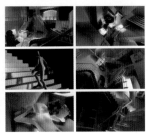
图4-10-3 运用埃舍尔矛盾空间错视作品创作出的三维动画

图4-11 一组利用错视矛盾图形制作的三维立体形态（湖南工业包装学院学生作业）

第二节 ///// 形态材质与肌理表达

材质可以理解为材料与质感的结合，它是代表各种材料表面本身的质感、属性。材质的特征是人的感知系统通过对不同材料表面的感官刺激所得出的各种信息综合判断的结果。材质特征包括物理、心理两种基本属性，物理属性主要体现在色彩、质地、肌理、光泽等方面。肌理是材质中的重要属性之一，与材质有着不可分割的关系，在视觉上起着主导性的表达作用，在此特别单列出来进行分析阐述。

肌理是由材料自身天然的组织结构或人工材料的人为处理组织设计而成，是最容易识别、描述的属性。它具有一种可视的，同时也可以触摸到的表面特征。任何材料表面都有自己特定的肌理表情，不同的个性会对人产生不同的心理反映。有的粗犷、厚重、对比强烈，有的细腻、轻柔、和谐秩序（图4-12、图4-13）。即使是同一种材料，采取不同的加工处理也会产生精彩纷呈的肌理变化。肌理的美是律动的、奇妙的而且智慧的，具体分析如下：

一、肌理特征

根据材料表面形态的构造特征，肌理可细分为视觉肌理和触觉肌理。通过视觉产生的肌理感觉，是无须用手或皮肤触摸而只需眼睛就能充分感受到的，如木材、动物表面的天然纹理；触觉肌理是通过手或皮肤直接触摸有凹凸起伏感的表面而形成的肌理感受，如皮革、纤维材料的表面、编织所形成的特殊肌理（图4-14、图4-15）。通过分析，我们发现肌理不是独立存在的，它是依附于形态表面的细节部分，但相对于形态的空间构成与形式法则，虽然肌理只是细节特征，但对整个视觉形态的表达却起着至关重要的作用。很多立体形态对于视觉信息的传达主要依靠肌理而非轮廓、造型。对于三维形态肌理的感受主要取决于我们观者的视角，肌理特征来自于感官系统的综合体验，需要我们首先要有比较宏观、整体的大局观念，能够从总体上把握住肌理风格特点，其次还要有深入细致的观察能力，能够精细敏感地归纳出肌理的结构特质（图4-16、图4-17）。

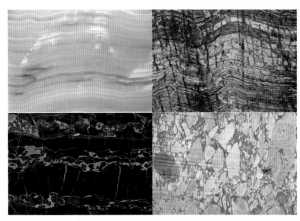

图4-12 一组天然石材形成风格各异的肌理效果

图4-13-1 北京奥运会上大型表演中人为构成的动态肌理

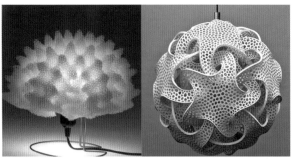

图4-13-2 灯具表面材料人为处理的个性肌理

图4-14-1 海底珊瑚形成的不同肌理效果

图4-14-2 猎豹充满点状肌理的天然皮毛

图4-15-1 凹凸鲜明的虫卵结构局部观察产生的特殊肌理

图4-15-2 凹凸鲜明的虫卵结构局部观察产生的特殊肌理

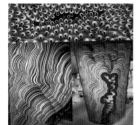

图4-15-3 纤维艺术作品中局部的肌理对比

图4-15-4 起伏变化的肌理排列仿佛漫山遍野的鲜花在绽放

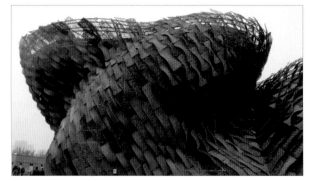

图4-16-1 世博会西班牙馆整体建筑呈现出的肌理面貌

图4-16-2　西班牙馆局部的肌理层次

图4-17　草间弥生利用视觉肌理统一形态要素的装置作品

二、肌理作用

肌理可以增强形态的立体感，如不同或相同的一种形态，由于表面采取不同的肌理处理，就能增加一层新的对比关系。由于肌理对光的各种反射会导致视觉层次的增加，最终会增强形态原有的立体感。肌理还可以丰富立体形态的表情表达，受距离的影响不同的远近会使人对肌理产生不同的感受、表情，一些适于近看的材质，在远处观看时会变得模糊不清；而一些适于远看的材质，如移到近处观看，则会产生质地粗糙的感觉。相同的一类材质，肌理间的排列、色彩、起伏、反光程度等因素的变化会使形态产生各种丰富的表情，在设计中这些不同的表情效果会对创意和应用起到很好的启示作用（图4-18）。

图4-18　一组显微镜下细胞组织呈现出的偶然肌理效果对人们设计提供了很好的启示作用

三、肌理创造

肌理创造可分为自然创造和人为创造，在自然创造中，由于自然生长的原因，受时间、光照、水分、气候等因素的影响，物体形成各种不同的表面。这种表面的组织纹理变化形成了天然的肌理效果，给人以不同的视觉感受。自然环境下产生的肌理神奇自然、精彩丰富，为形态设计创作提供了无尽的素材和灵感（图4-19）。人为肌理主要是受现代机械化生产的技术背景影响，通过各种加工手段和计算机辅助制造方法而产生的工业化

图4-19-1　天然地质结构形成的特殊地貌肌理　　图4-19-2　长满绿苔的树干所产生的奇特肌理效果

图4-19-3　经过长年风化后的山石形成的偶然肌理

图4-20-1　将自行车废件通过强力冲压后完成的现代装置雕塑，产生了意外的肌理特征

图4-20-2　灯具表面经过电镀抛光后的肌理效果

图4-20-3　高级轿车内饰金属拉手的拉丝工艺所呈现的精细做工

图4-20-4　雕塑表皮进行刨铣处理后的肌理表现

图4-21-1　利用新材料、新工艺产生的奇特肌理效果

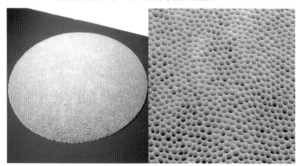

图4-21-2　现代装置作品中呈现的精细的孔状肌理排列

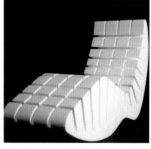

图4-21-3　经过模块化设计形成的概念座椅肌理

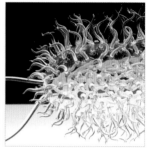

图4-21-4　玻璃病毒在显微镜下产生出反差极大的优美肌理

肌理，如刮割、磨砂、敲击、刨铣、拉丝、电镀等。应用在具体的生活用品上有的规则、理性、严谨、精确，有的偶然、奇特、生动、自由，给人带来各种丰富的视觉感受（图4-20、图4-21）。

图4-22　一组相同材质利用不同点线排列的肌理构成

图4-23-1　相同材质利用不同的工艺产生肌理对比鲜明的现代陶艺作品

图4-23-2 苏州园林过廊利
用不同肌理纹样形成对比的
隔断

图4-23-3 同类材质采用不同成型手段产
生肌理对比反差的家具设计

图4-24-2 非洲木雕采用不同材质的组织排列形成特殊的视觉肌理

图4-24-1 家具中运用不同材料的处理手法形成趣味性肌理对比

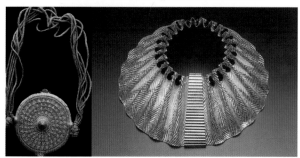

图4-25-1 首饰设计中不同材质产生不同的肌理对比关系

图4-25-2 草间弥生作品中运用不同材质形成肌理间的强烈视觉对比

四、肌理组合

把各种肌理放置在一起，分析和推敲如何搭配最为合理是在形态设计中十分重要的环节。应注意肌理组织的配置、面积、位置，具体组合分为：1.相同材质的不同肌理：相同材质已具备了整体的统一协调，肌理的配置就要寻求明显的变化。一般会利用光影和点、线、面的不同分割来造成表情的局部对比，采用不同的工艺在相同的质地上留下不同的纹理。这种肌理的组合能产生柔和的过渡变化，使人在心理上产生愉悦、亲切、均衡的舒适感（图4-22、图4-23）。2.不同材质的肌理组合：由于材料的对比已经具备了丰富的视觉关系，因此在肌理组合上就应重点解决统一协调的问题。两种以上材料肌理组合配置时，通过明显与含蓄、凹凸与平面、粗糙与细腻等的肌理对比，能够产生相互映衬的视觉美感，但要处理好主次关系，不能平均对待。另一重点是要合理解决好触觉手感与使用功能的实用关系，处理好这些方面，任意两种不同材料的肌理都能产生优秀的组合关系（图4-24、图4-25）。

第三节 ///// 形态材料与工艺表达

任意三维立体形态作品最终都是由各种材料按照相应的特点加工、连接而表达出来的。材料是形态表达的物质载体，任何好的创意与美的造型都必须依托材料才能真正展现出来。材料和表面加工工艺是整个造型活动的物质成型基础，同时也是形态艺术化表达的重要因素。从历史角度出发，无论是艺术绘画、雕塑、建筑还是生活用品、家具、器物等，不同的材料运用都体现了当时社会发展的历史特性（图4-26、图4-27）。人类的艺术发展史其实也是一部不同材料的演变发展史。

图4-26-1　古埃及神庙　图4-26-2　日式建筑中的传统竹木材质运用
建造的巨大石柱群

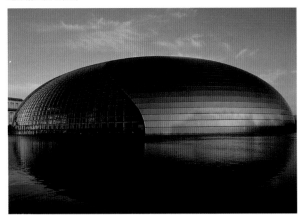

图4-26-3　中国大剧院建筑运用现代材料形成强烈对比

图4-26-4　水立方建筑表面采用高科技含量很高的新材料组成

图4-27-1　带有民族特色的　图4-27-2　时尚大方的现代纤维装饰灯具
非洲土著陶瓷艺术

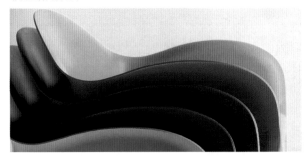

图4-27-3　简约现代的塑料高分子座椅

图4-27-4　工艺精良的苗族银质头饰

图4-28-1　一组国外制作精美的纸雕作品

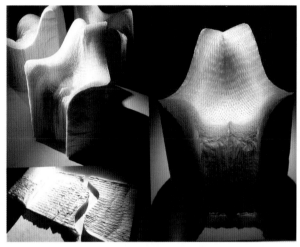

图4-29-1　利用纸张网状结构拉伸、特殊裁切而成的纸质座椅

图4-28-2　利用特殊纸条制成的时尚灯具

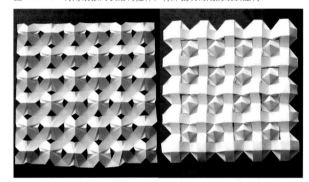

图4-29-2　学生利用折曲、切割手段完成的纸质肌理作业

图4-28-3　通过巧妙裁切形成的纸质环保家具

图4-29-3　学生通过对纸条的穿插、编织完成的现代装置作品

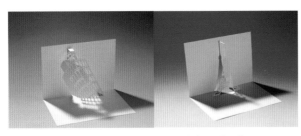

图4-29-4　学生通过对纸条的穿插、编织完成的现代装置作品

材料因其材质、属性的不同，形成了加工工艺的差别和物质结构的不同。在形态构成的组成与表达中，我们通常将材料的种类分为两大类型：1.自然材料：没有经过人为加工的天然材料，如树木、石块、泥土等，这类材料特点自然质朴、返璞归真，视觉效果不受人主观控制影响。2.人工材料：经过后人的加工与提炼发展而成的合成材料，如纸张、塑料、金属、化纤、人造板材等，这类材料特点实用丰富、规则秩序，大大拓宽了设计应用中的表现手段。对材料的了解并非要求我们成为材料方面的专家，而是立足于清晰材料对形态表达的重要作用，在此主要介绍几种我们在设计创作中经常使用的材料及加工工艺：

一、纸张

纸是我们大家都熟知的四大发明之一，对人类文明的发展与推进产生过巨大的作用。纸张质地轻柔，是以木材、竹材及各类植物纤维等为原料加工制成的。在三维形态表现中，纸张轻而平滑，容易加工，价格低廉，被广泛使用在各种造型及模型制作中。纸张主要应用以纸板为主，包括各种卡纸、纸板、瓦楞纸、包装纸、特种纸等。较薄的纸张多用于制作印刷、包装制作，较厚的纸板、纸壳可以用于制作精致模型、家具等环保型产品。

纸张的加工方法简单快捷，主要手段有折叠、折曲、剪裁、褶皱、切割、卷曲、插接、穿插、粘贴等。加工效果会产生如起筋、浮雕、麻面、凹凸、破裂等，最终能够创造出很多层次丰富、结构坚实的立体形态与结构（图4-28、图4-29）。

二、木材

木材在我国有着悠久的传统历史，是使用最普及的造型材料。木材由于质地轻柔、容易加工、自然朴素的特性被认为是最富于人性的天然材料。木材是由无数大小不同的细胞组成的多孔性物质，其种类及生长环境不同，在生长过程中形成了自然美丽变化丰富的纹理和色泽。自古以来，木材作为一种质地优良的造型材料被人们广泛应用于建筑、家具、器物、工艺品等加工制作当中（图4-30、图4-31）。常用的木材种类按其质地的强度分为硬木、柴木、软木。硬木质地细密坚硬，常用的如白桦、桃木、檀木、榉木、花梨等；柴木软硬适中，主要包括榆木、杉木、柏木、松木等。除各种实木以外，木材还包括各种人造积层材与板材，如指接板、夹芯板、密度板、刨花板和各类胶合饰面板等（图4-32）。

木材的加工不能逆着材料特性而行，应顺木性按木质生长特点操作，如抽缝、去筋处理，以防止开裂、变形。具体加工手段有雕刻、切割、锯割、刨削、弯曲、榫卯等。在现代化生产加工为主导方式的今天，数控化机床和计算机辅助加工方式将逐步取代传统的加工手段，成为新的现代化加工体系（图4-33）。

图4-30-1　工艺精湛的缅甸花梨木中式家具

图4-30-2 选择优质檀木精心制作的佛家念珠

图4-30-3 木材在现代室内装饰上的运用

图4-31-4 造型憨态可掬的一对实木小方凳

图4-32-1 纹理变化丰富的天然防腐木板材

图4-32-2 黑胡桃装饰面板图案素气、沉稳

图4-31-1 北欧以木制构造为主的现代建筑

图4-31-2 简约、理性的现代板式茶几造型由标准的木质板材统一组装而成

图4-32-3 选择进口沙比利装饰面板制作的家具色泽沉着、高档

图4-32-4 杉木指接板纹理柔和、自然

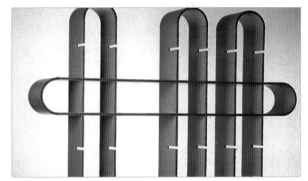

图4-31-3 在铅笔头上完成的微雕艺术技艺超群,令人赞叹

图4-33-1 利用弯曲压缩成型的穿插式书架

图4-33-2 按照计算机模数比例加工完成的当代公共艺术作品

图4-33-3 中国传统的木雕工艺品

图4-33-4 通过现代切割手段加工的面层概念家具

三、 塑料

塑料是一种高分子化合而成的人工材料，通过加热具有很强的可塑性，是目前人们使用最广泛、最普及的一种工业原料。塑料大致可分为聚乙烯、聚苯乙烯、聚丙烯等热塑性材料和酚醛树脂、氨基树脂、三氯氰胺树脂等热固性材料两大类别。主要应用在产品、食品包装和各类家电日用品、门窗型材等领域。塑料材质同时被广泛应用于各种产品设计和模型制作中，分为塑胶型和发泡型材料，通常被加工成板材、管材、条材、异型材等。具体种类如亚克力板、ABS、PVC、PS、PU发泡等（图4-34）。

塑料的加工成型工艺比较灵活，在400℃以下，可采用注射、挤压、模压、浇铸、烧结成型，也可用氟碳等离子喷涂方法，得到既有塑料材质优点，又有金属特性的制品。塑料的连接方式主要有塑料焊接、溶剂粘接、胶接；表面处理包括镀饰、涂饰、烫印、压花、印刷等（图4-35）。

图4-34-1 水上游乐滑梯采用的热固性极佳的塑料材质

图4-34-2 采用新型亚克力材料加工制作的时尚卫浴

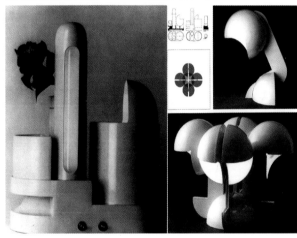

图4-34-3 利用ABS材料压塑成型的组合灯具

图4-34-4 新一代苹果电脑采用的特殊透明塑料外壳

图4-35-1 经过镀饰工艺处理后的抽象塑料家具

图4-35-2 表面通过特殊涂饰处理的塑料凳体现出很强的装饰性

图4-35-3 经过特殊喷涂装饰的宝马迷你轿车

图4-35-4 经过压花工艺后的亚克力家具增添了几分活力

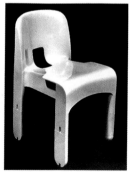

图4-35-5 采取模压工艺直接成型的简约式高分子塑料座椅

四、金属

金属自古以来就是人类文明发展进步的重要标志之一，至今仍是最为重要的工业材料。因为金属具有许多比其他材料更为优越的特性，如可重复使用，大批量生产，加工技术多样，品种齐全，物理性能坚硬、耐用，有很好的延展性、耐弯曲，抗拉伸等(图4-36)。

图4-36-1　中国古代传统的青铜器物　图4-36-2　非洲出土的金属工艺
　　　　　　　　　　　　　　　　　　　　　　人像制品

图4-36-3　两种材质搭配在一起的现代金属装饰品

图4-36-4　利用不锈钢材质做主要结构的现代座椅。体现了很好的抗弯
曲和拉伸性

　　金属材料的加工，大致可分为利用可塑性的塑性加工如锻造、延展等，利用溶解性的铸造以及焊接等。金属材料通常可制成线、棒、条、管、板等形状，金属造型是以这些原料作为基础，由于形状及加工方法的差异而使造型产生很大的变化。最具代表性的如：

　　1.锻造工艺：锻造是利用金属的延展性和塑性变形，捶打成型的一种金属工艺。弯曲、折曲的挤压成型方法只能形成单曲面，而锻造加工则能完成随意的多曲面造型。金属加工技术包括冲压、锻造、连接等，其中冲压方法制成的曲面使外压与内压保持均衡的张力，成为锻造造型的最大特色（图4-37）。

　　2.铸造工艺：铸造是利用金属在高温下熔化的性质，将熔化后的金属液体倒入用其他材料制成的原型

图4-37-1　采取焊接工艺制成的铁艺　图4-37-2　运用现成物品组合构
抽象形态　　　　　　　　　　　　　　成的金属装置作品

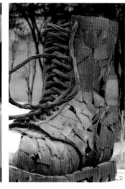

图4-37-3　利用综合锻造手段完成的现代　图4-37-4　采用多种手段完
金属工艺作品　　　　　　　　　　　　成的金属雕塑作品

所翻制的铸模或特制铸模内的一种成型技术。在制作无法弯曲或锻造的有机性复杂的立体物件时，铸造便是最能发挥其价值的加工方法。铸造能体现出曲面的柔美感和质量感（图4-38）。常用的方法有蜡模铸造和砂型铸造等。

是重要的光学材料。玻璃不同的处理方式可以产生各种晶莹剔透的视觉美感，给人以透明、清爽、朦胧之美。玻璃由于技术的发展和功能的不同形成很多品种，如有的硬度高、耐高温；有的滤光性强，动感十足；有的色彩绚丽，侧重装饰；有的做工精良，强调价值（图4-39）。

玻璃的加工工艺相对比较固定，分为吹制和热熔两类，具体制作手段有磨制、吹塑、腐蚀、压花、喷花、印刷蚀刻等。在运用玻璃的材料特性过程中可以很好地展露出艺术家的创造潜力，发挥设计师的灵性与智慧，巧妙地掌握玻璃工艺的各种语言，使作品呈现出更加丰富的艺术表情（图4-40）。

图4-38-1 铸造工艺加工体现出作品的精致性与柔美结合

图4-38-2 美国现代城市金属材料的抽象雕塑

图4-39-1 玻璃材质的结构像宝石般晶莹剔透

图4-39-2 局部拍摄的玻璃工艺品

图4-38-3 时尚、现代的金属材质项链

图4-38-4 结合电脑雕刻技术的金属工艺制品

图4-39-3 利用玻璃管结合灯光组成的装饰光柱

五、玻璃

玻璃是一种较为透明的液体物质，主要成分是二氧化硅。玻璃具有透光、反射、隔音、隔热等特性，

图4-40-1 以吹制塑造为主的现代装饰玻璃制品

图4-40-2 动感、活跃的玻璃果盘

六、陶瓷

陶瓷是用天然或人工合成的粉状化合物，经过成型和高温烧制的由金属和非金属元素的无机化合物构成的多晶体固体材料。它包括由黏土或含有黏土的混合物经混炼、成型、煅烧而制成的各种制品。由最粗糙的陶器到最精细的精瓷都属于它的范围。

中国是陶瓷材料的主要发祥地之一，素有"瓷器之国"的美誉。陶瓷大致分为陶器与瓷器两大类，再细分如粗陶中的砖、瓦、罐等，精陶中的各类紫砂等。陶与瓷在原料采集、加工工艺和烧制温度方面有很大区别，从成品角度看，陶器质地粗松多孔，有一定吸水性，敲击声音低沉，分无釉和施釉两种；瓷器则质地细密坚硬不吸水，敲击声音清脆，通常有釉层，烧制温度比陶要高（图4-41）。从审美角度来

图4-41-1 马家窑彩陶文　图4-41-2 宜兴紫砂壶材质细腻、做工考究
化代表双耳陶罐

图4-41-3 闻名中外的景　图4-41-4 经过特殊施釉的唐三彩瓷盘
德镇青花瓷罐

图4-42 一组国外现代陶艺作品釉色大胆、抽象

看，陶器材质粗朴、浑厚、自然，瓷器光洁、秀丽、精致。陶瓷材料有极强的抗酸碱腐蚀能力，由于它本身就是在几百度至上千度高温窑炉中烧制而成，因此具有很好的耐高温而不氧化、不分解、不变形、不变色、易清洗等优点。现代陶瓷作品更加强调异常丰富的釉色、奥秘无穷的窑变，着重于形象的刻画和意境美的追求，充分发挥着其他材料难以比拟的理想化和表现特征（图4-42）。

七、石膏

石膏是一种天然的含水硫酸钙矿物质。纯净的天然石膏是无色半透明的结晶体，常呈厚板状，有杂质，一般不能单独使用。只有经提炼加工的熟石膏才是我们在设计练习中大量使用的，是模型制作与立体造型的重要材料(图4-43)。

石膏在使用中具有很多优势，如易于加工、可塑性强、安全性高、成本低廉、复制性高等特点。调制石膏时有几点需特别强调：1.切忌不可直接向熟石膏粉上注水，否则会产生结块或部分凝固现象，很难搅拌均匀。2.石膏粉撒放到水里后要静置片刻，并适当振动逸出水中气泡。3.要向同一方向搅拌，调制的浆液稀稠适中，不能开始即完全固化。

石膏与水的配比一般为1：1或1.35：1，有特殊需要时可根据不同用途选择合适配比。石膏凝固时间受水分多少、水温高低、搅拌快慢等因素影响；另外还与添加材料有关，如加入少量的食盐可使凝固时间缩短，加入一些乳白胶液能使凝固时间延长。

石膏模型的加工手段根据不同的产品形态特点主要有雕刻成型法、旋转成型法、翻制成型法。在具体实践中会结合不同的材料工艺灵活使用（图4-44）。

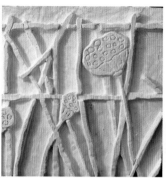

图4-43-2 学生创作完成的石膏浮雕作品　图4-43-3 利用石膏制作完成的容器形态模型

图4-44-1 运用统一石膏线条装饰的酒店吊棚效果　图4-44-2 利用石膏与其他材料组合构成的装置雕塑

图4-44-3 采用翻制成型法制作的石膏卡通玩具

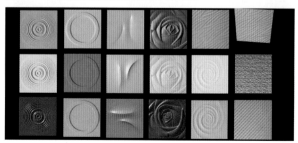

图4-44-4 采用雕刻、旋转成型法设计完成的石膏．树脂合成装饰浮雕模块

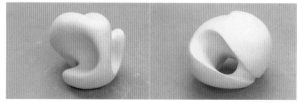

图4-43-1 学生利用石膏材质设计制作的有机形态

八、纤维

纤维材料主要是指以材料的状态和质地的特点来区分的以软质形态为主的各类合成纤维织物。在当今一些新工艺和新材料产生的条件下，某些金属、塑料、纸张等材质也会呈现出各种纤维特点的状态。传统的纤维类材料主要包括棉、麻、丝、帛、绢、毛、绒、尼龙等天然材料及其他化纤合成织物。织物材料由于种类、质感不同，能够形成各种丰富的视觉形态，如丝帛的光亮、华丽，棉麻的粗糙、质朴，羽毛的优美、温暖，尼龙的结实、弹性等（图4-45）。

纤维材料的加工工艺主要以捆扎、编织为主，编织是一种美的综合和组织，既可体现单种材质的特性之美，又可呈现多种复合材料的混搭之美。编织可以将纤维材料巧手组织、精密搭配成各种立体形态，经纬线间在长短、粗细、疏密、虚实、高低、软硬等方面所形成的综合变化会给人带来各种丰富的视觉效应（图4-46）。

图4-45-3 利用硬质树脂材料制成的具有软性质感的网状纤维作品

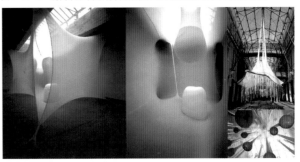

图4-46-1 利用软性纤维材料的拉伸处理完成的大型现代公共艺术

图4-45-1 运用不同的纤维材料构成的装置作品

图4-45-2 日本著名服装大师三宅一生运用各种纤维材质设计制作的"褶皱式"服装

图4-46-2 各类纤维材料在服装设计中的应用

图4-46-3 利用纸质纤维构成的立体作品

思考与练习：

1.根据形态构成基本原理的具体介绍，每项内容分别收集有代表性图例5个，并附上文字分析说明。

2.以形态肌理创造、肌理组合为依据，收集整理优秀作品图片各10张，并用文字分析阐述肌理在作品中的作用，在视觉日记中完成。

3.形态表达的主要材料有哪些？主要加工工艺有何特点？

参考作业：

1.选择多种材料进行不同质地、肌理的搭配，充分挖掘、利用不同材料的变化，以点、线、面视觉要素为依据，构成不同的半立体形态作业，重点表现材质的肌理与表情。尺寸：8×8厘米/件，外框：30×30厘米。数量：9件（图4-47）。

2.选择一种个人认为有较强表现力的材料，利用各种手段充分开发材料的可塑性与表现力，完成材料形态语言的不同表达。尺寸同上（图4-48）。

3.以一次性纸杯为基本原型，在上面添加各种材料，使原有形态变成一个具有新的材料肌理的形态。数量：6件（图4-49）。

4.根据个人对形态构成、空间构建的理解，运用已学过的构成法则，以侧重不同材料与肌理的对比效果完成一件综合构成作品。尺寸：边长25～30厘米（图4-50）。

图4-47 采用不同材质进行肌理表现，学生容易出现"百花齐放"的"争奇斗艳"，这方面老师一定要反复提示、强调，尤其对单个表现能力强的同学，具有整体的大局观永远是第一位的

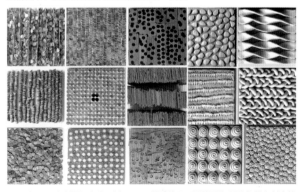

图4-48-1 与前面正好相对应，同一材质的肌理训练更集中强化学生创造美的综合能力，建议学生在此单元两种练习方式都要尝试，有强度的训练才会真正体会到一些"感知"

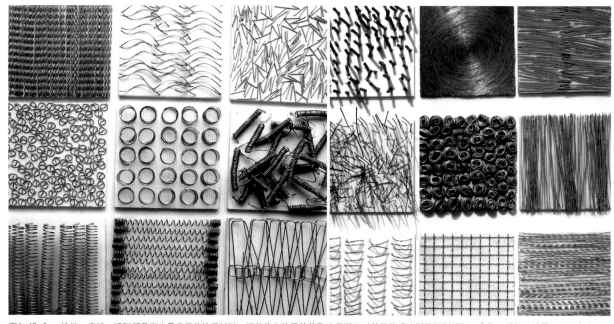

图4-48-2 铁丝、麻线、纸张都是学生最常用的练习材料，好的作业效果往往取决于学生对美的构成法则的深刻理解，密集、重复、特异，运用充分、集中，材料的肌理美特征自然"表露无疑"

图4-48-3a 以上罗列的由中国美术学院学生完成的各种肌理练习作业中，这组作品给我的印象颇深：形式新颖，构思巧妙，多视角、多样化处理，最终效果充满个性、灵气，更坚定了自己的一贯观点：真正的悟性不是教出来的

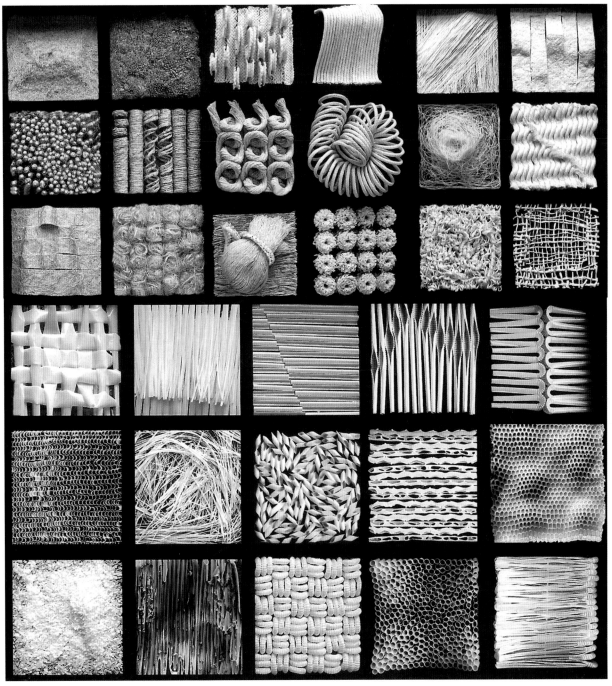

图4-48-3b 以上罗列的由中国美术学院学生完成的各种肌理练习作业中，这组作品给我的印象颇深：形式新颖，构思巧妙、多视角、多样化处理，最终效果充满个性、灵气，更坚定了自己的一贯观点：真正的悟性不是教出来的

图4-49 这种训练方式在各个院校应用很普及，道具便宜，易收集，作业要求好理解，学生好进行。但要做出有创意，有质量的作品学生不费一番工夫是不太容易的，把更多的空间留给学生去尽情寻找"新鲜"吧

图4-50-1 相同的形体，体会不同的材质创造不同的肌理，并置在一起使人产生不同的联想。此练习可以作为现代装置艺术的"雏形"去体会、把握

图4-50-2 这是一件比较有代表性的中国美术学院学生的综合创作：材质、肌理、色彩、形态、空间几大要素处理比较理想，完整的综合作品，体现出作者很好的艺术感觉与较强的空间创作能力，从不同角度带给人们丰富的视觉感受

第五章　三维空间立体形态创新

学习目的 》

通过本章内容学习，使学生对创意思维、计算机辅助设计优缺点、创新综合形态构成方面有一个基本的了解和认识，初步掌握几种实用、有效的创意表现训练方法，重点强化学生的创新理念。拓展学生的艺术视野，真正具备将三维基础形态构成能力有机地融入艺术与设计的综合创作中去，使学生建立起多元化、多视角的艺术思维系统，为今后的设计实践打下坚实的专业基础。

学习关键词 》

635法、和田十二法、列举法、二元坐标法、3Ds max、犀牛（Rhino）、Maya、UG、光构成、动的构成、水体构成。

第五章 三维空间立体形态创新

第一节 ///// 创意思维训练方法

无论在二维还是三维设计实践中，一件优秀的作品不仅要在视觉形态要素方面解决好相互间的形式美感，更重要的是赋予作品很精彩的创意来体现内涵。当然这也是创作者最难把握的，因此我们对创意思维的分析和研究就显得非常重要（图5-1、图5-2）。

创意思维方面的研究实际上是需要我们以全新的思维角度和方法来分析、认知和解决设计问题。它可以运用正向、逆向的线性思考方式，也可以运用跳

图5-1-2 一组利用CD封套表现的二维图形创意作品

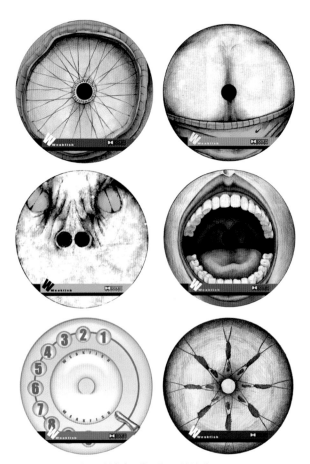

图5-1-1 一组利用CD封套表现的二维图形创意作品

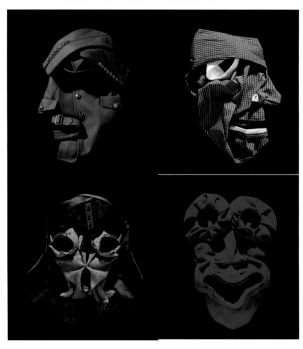

图5-2-1 通过对服装的巧妙折叠处理形成各种趣味性表情的立体创意作品

图5-2-2 通过对服装的巧妙折叠处理形成各种趣味性表情的立体创意作品

缺点是只能自己看自己想，激励不够充分。

二、和田十二法

源自上海闸北和田路小学生的发明创造活动。有关专家把小学生们在发明创造活动中所采用的方法总结概括为12种，因此称为"和田十二法"，分别为：1.加一加，2.减一减，3.扩一扩，4.缩一缩，5.改一改，6.变一变，7.并一并，8.学一学，9.代一代，10.搬一搬，11.反一反，12.定一定。该小学从20世纪80年代初就着手学生的创造力培养，全校成立了9个班级科技队，有近两百名学生参加。全校学生创造的科技作品已有3000多件，有不少作品已被实际应用并转化为商品。这些方法也非常适用于立体形态设计的创意发挥（图5-3~图5-5）。

跃性和发散性思维模式，整个创意过程是将逻辑、形象、直觉、通感等几种思维交融在一起，最终形成一个三维甚至多维的立体思维模式。有关创意思维方面的理论与专著有很多，有待我们在学习中慢慢积累，寻找规律与灵感。但在课堂教学中有一些很实用的创意思维训练方法我们有必要了解和接触，以此增强我们共同的创意能力。下面将对当今主流的创意思维方法做以介绍：

一、635法

又称默写式头脑风暴法，起源于德国。具体做法如下：每次会议由6人一组，坐成一圈，要求每人5分钟内在各自卡片上写出3个设想（故名635法），然后由左至右传递给相邻的人。每人接到卡片后，在第二个5分钟再写3个设想，然后再传递出去。以此类推传递6次，半小时后会议结束，可产生108个设想。635法的优点是能弥补与会者因年龄、性格的差别而造成的压抑、闭塞；

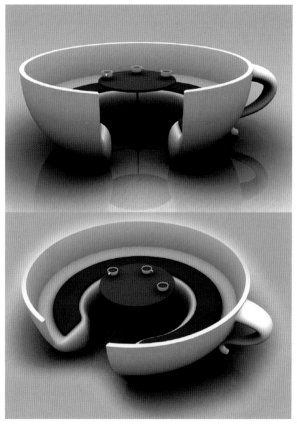

图5-3-1 根据扩一扩原理设计的创意茶座

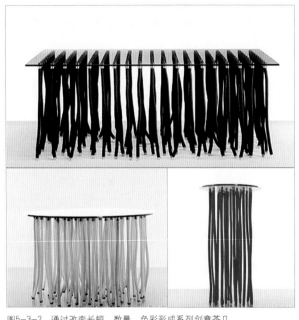

图5-3-2　通过改变长短、数量、色彩形成系列创意茶几

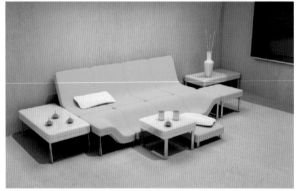

图5-3-5　通过加一加形成丰富的组合功能沙发

图5-3-3　放大镜指针突出数字的创意手表

图5-3-4　通过减一减完成的现代装置艺术作品

图5-4-1　根据并一并组成的创意餐具

图5-4-4 运用并一并手法完成的由气球积聚的坦克装置艺术

图5-4-2 通过变一变使图片产生矛盾空间的有趣效果

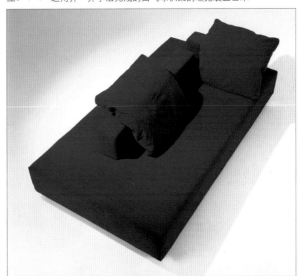

图5-4-3 根据并一并方法在易拉罐表面完成的卡通创意图案

图5-4-5 通过改一改使家具产生不同的功能

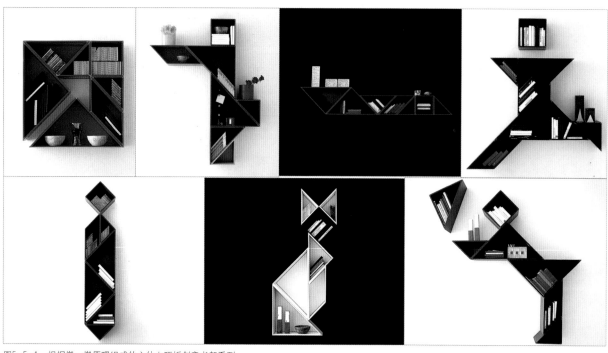

图5-5-1 根据搬一搬原理组成的立体七巧板创意书架系列

图5-5-2 通过代一代设计开发的多功能组合性沙发

图5-5-3 通过定一定方法完成的创意错视作品

图5-5-5 利用反一反设计的创意照明

图5-5-4 根据反一反原则设计的创意包装作品

三、列举法

列举法是一种借助对某一具体事物的特定方面从逻辑上进行分析，并将其本质及内容全面地罗列出来的手段，再针对列出的项目分别提出改进的方法。最有代表性的是属性列举法，其特点是将一种产品的特点列举出来，制成表格，然后再把改善这些特点的事项列成表。这样做的目的在于能保证对问题的所有方面做到全面细致的分析研究。属性列举法的步骤是罗列出事物的装置、产品、系统或问题重要部分的属性，然后改变或修改所有的属性。

以设计新椅子为例，把可以看做是椅子属性的东西分别列出名词、形容词、动词三类属性，并以头脑风暴法形式一一列举出来。接下来把内容重复者归为一类，相互矛盾者统一归为一类。利用项目中列举的性质，或者改变它们的性质，以便寻求更好的有关椅子的构想（图5-6）。

四、二元坐标法

二元坐标法就是借用平面直角坐标系在两条数轴上标出元素，按序轮番进行两两组合，然后选出有意义组合的创新方法。众所周知，平面直角坐标系由两条数轴正交组成，横轴和纵轴的任一对实数都可以确定平面上的一点。如果在坐标轴上把它换成不同的关键词，这样就可借助坐标系把所列的内容相互关联起来，然后对每组联系做创造性想象，从中产生前所未有的新形象、新设想，最后经可行性分析论证，确立正式的创意方案。二元坐标法形式简洁而不单调，运用时不受任何限制，适于个人或集体的创造性活动。利用二元坐标法选择创

图5-6　根据列举法原理展开的各种创意座椅设计实例

意课题的程序如下：1.列出联想元素，过程中可以随心所欲，无任何限制条件。2.用坐标连线沟通各个元素形成组合联想。3.进行联想和判断，挑选出有意义的联想。4.对有意义联想进行可行性分析，完成正式创意课题（图5-7）。

　　有关创意思维的训练方法还有很多种，国内外众多优秀的企业与公司都积累了大量成功的创意经验，在此不做详尽的介绍。作为三维空间立体形态的设计与练习，创意思维的形成有一个特定的发生、发展过程。人们在进

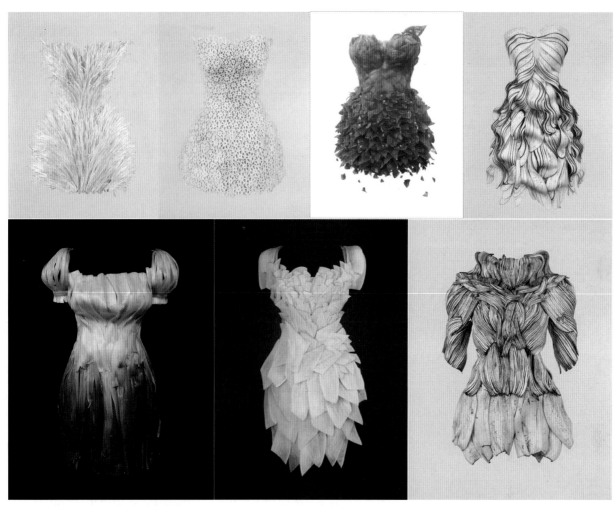

图5-7-1 韩国年轻艺术家sung yeonju运用二元坐标法创作的一组以各种蔬菜、水果为元素的创意时装作品令人叫绝

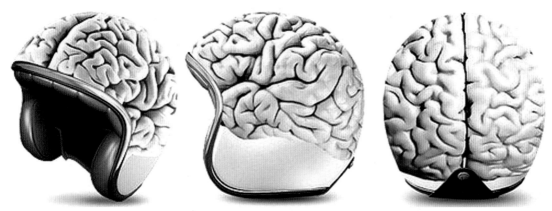

图5-7-2a 利用二元坐标法设计的创意头盔

图5-7-2b　利用二元坐标法设计的创意头盔

行设计创作之前，需要首先引发对客观事物的接触、感受和认识。在此基础上以主观愿望为动机引发超前思维，再去主导相应的行为活动。超前思维的形象联想、艺术想象是创作过程中能够促进艺术家、设计师开拓新思维的重要环节。一些联想和创意的方案在没有实施和被证实的时候，往往会被人们认为是荒诞的幼稚的幻想，但正是无数这样的幻想最后一一被变成了现实（图5-8、图5-9）。如果没有人们的超前思维在发挥作用，整个艺术世界就不可能发展到今天这种丰富多元的新格局。所有我们在艺术创作的过程中要不断地学习、链接，不但在广度上，更要在深度上、维度上全面地学习、链接。大自然给予我们很多启发、灵感，所有的事物表面上看似乎相同，实际上仔细观察和研究后就会豁然开朗，完全展现出一番新景象。而设计师就是要将这种转化真正融入到我们生活当中的人（图5-10、图5-11）。

图5-8-1　充满荒诞性的创意手纸表现

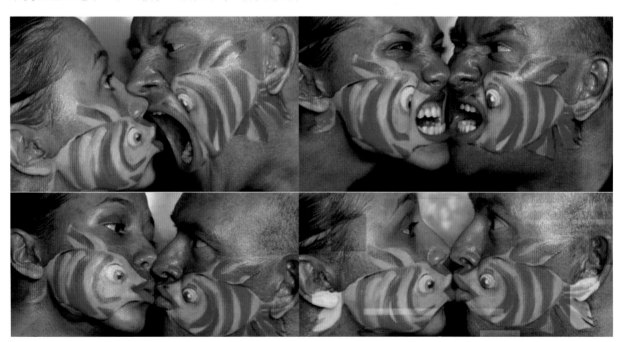

图5-8-2　巧妙利用两个人嘴巴不同动作完成的一组搞笑创意作品

图5-8-3a 通过联想思维创意设计的时尚手提包

图5-8-3b 通过联想思维创意设计的时尚手提包

图5-9-1 充满个性的创意灯具

图5-8-4 运用大胆创意形态装饰的卫生间设计

图5-9-2 由线圈缠绕而成的创意台灯

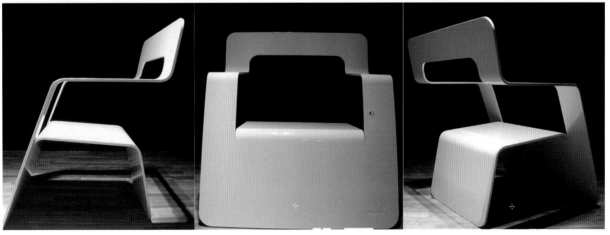

图5-9-3 典型的利用板式折曲构成的创意座椅

图5-10-1　通过仔细观察生活设计的可折叠的两用座椅

图5-10-2　利用身边常用水果完成的一组趣味创意作品

图5-11a　一组具有非凡创意的书架设计作品

图5-11b 一组具有非凡创意的书架设计作品

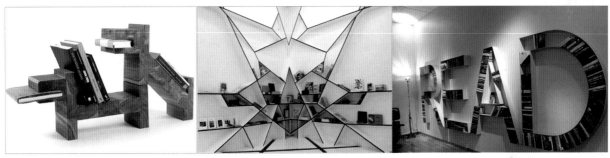

图5-11c 一组具有非凡创意的书架设计作品

第二节 ///// 计算机辅助形态设计

传统的三维形态构成教学与训练延续至今已有近百年的历史，然而随着社会的不断进步与发展，计算机技术的应用已深深扎根于各个领域之中。计算机辅助设计已经被广大艺术与设计专业作为平时训练的必要工具，已成为每个专业人员必须掌握的基本技能。

计算机辅助设计在高校设计专业应用已有十五年左右历史，在近五年有了快速的发展和长足的进步，应用范围几乎涵盖了所有艺术领域，包括绘画专业、当代艺术和新兴的数字媒体、动漫、多媒体影像等专业（图5-12）。计算机辅助设计能够很具体地影响人们进行理性化思维，提高学生分析处理各种逻辑化信息的能力，充分利用计算机强大的计算能力，绘图

的精确性、直观性、逼真性，并方便修改、复制、保存，从而大大提高工作效率。同样在设计基础中与计算机辅助设计的结合也是当今正在探索中的新教学模式，使用计算机进行三维立体形态设计，可以更纯粹地在虚拟空间中拓展形态构成练习的深度、维度，更充分地发挥学生的立体空间想象能力，探索空间立体形态新的可能性。

当然辩证地来看凡事都各有利弊，利用计算机辅助设计进行基础形态设计也存在它的缺点，学生通过计算机设计出来的虚拟形态在真实环境下很多都无法真正实现，如形态的物理重心是否符合力学支撑需要，物体之间的连接契合能否稳固合理，材料强度和加工工艺能否承载完成理想的视觉形态等。由于在基础形态构成训练阶段对学生的重点还是审美能力与意

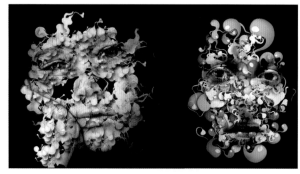

图5-12-1 利用计算机辅助设计完成的图像创意表现

图5-12-4 运用计算机三维软件渲染处理出逼真的赛车动态造型

图5-12-2 视觉层次具有丰富表现力的数字技术作品

图5-12-3 《功夫熊猫2》的CG动漫造型

识的培养，形态造型创造能力、材料工艺了解、动手制作能力的综合运用，因此在教学中还是应以传统的基础规律传授为主，再加上目前大多数院校的计算机软件课程都滞后于设计基础课程，计算机辅助设计更

期待在以后的专业课题设计中发挥更大的效用。

目前用于计算机辅助设计的软件种类有很多，平面类图形软件主要用于创意表现、图片处理和生成、创建材质贴图等方面。主要使用的设计软件有Photoshop、illustrator、Freehand、Coreldraw、Painter等。

三维应用软件已经从最初的三维物体造型，发展到目前的虚拟现实技术。具体的种类主要分为以下几类：1.表面建模为主，这类软件属于非常专业的造型设计软件，尤其在自由曲面等高难度造型方面有良好的解决能力。主要应用软件有Rhino、Solidage、Alias等。现在学生使用最多的是Rhino,俗称犀牛，是一款超强的三维建模软件，大小才几十兆，硬件要求也很低，里面包含了所有Nurbs建模功能，使用起来非常方便、流畅，成为众多设计人员的首选工具，经常在设计过程中首先用它来建模，然后导出高精度模型再配合其他三维软件使用。2.实体建模为主，这类软件特点是以参数化为标准，计算精确、严谨，非常方便设计人员与生产加工人员的沟通、对接，在保证设计形态的最后成型效果方面起着很重要的作用。使用者多为从事产品设计专业的设计师与工程师，主要应用软件有Proe、Solidworks、UG等。3.动画、影视制作为主，这类软件具有超强的材质编辑和动态渲染能力，建模方式比较自由方便，有较高的灵活性，但精确程度比实体建模类要低，代表性软件是3Ds max、Maya。前者是目前国内专业人员应用最广泛的三维设计应用软件，在三维建模、游戏制作、产品效果图表现及建筑渲染方面深受相关专业人员的青睐。3Ds max从1.0版本发展至今，经历了一个由不成熟到不断发展、壮大的过程。随着一些新功能的不断增强，将给使用者带来更快捷的使用效率及更高超的表现水平（图5-13、图5-14）。Maya是目前世界上最为优秀的三维动画制作软件之一，凭其强大的功能、友好的界面语言与丰富的视觉效果，一经推出就引起了动画和影视界的广泛关注，很快就发展成为顶级的三维动画制作软件。Maya主要是为影视制作而研发应用，除此之外，在三维动画制作、影视广告设计、多媒体制作、游戏制作等领域都有很出色的表现（图5-15）。

　　有关计算机辅助设计方面的专业教程及书籍在市场上琳琅满目，对相关软件如何具体操作都有详细的论述，在此不再赘述。计算机作为当今设计重要的组成部分，虽然具有强大的运算、存储能力，但也只是一种高级工具，辅助我们更好地完成设计想法与表现。我们在理念上不必过分地夸大它的作用也不能过分依赖它的操作，计算机并不能完全代替我们的大脑，一件优秀的作品成功与否更取决于我们好的创意与精良的制作。因此，创造性思维能力与强化动手能力及审美修养的综合积累才是我们基础教学培养学生的目标和重点。

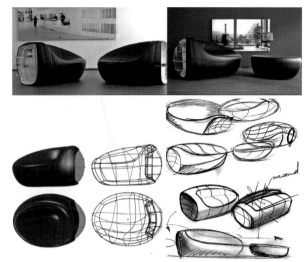

图5-13-1　借助计算机辅助设计分析生成的产品形态

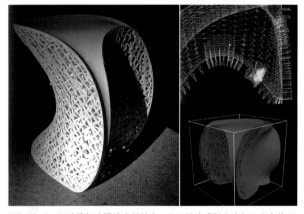

图5-13-2　经计算机建模技术相结合，使用快速成型方法加工出来的立体形态

图5-13-3　学生运用3DS MAX软件完成的形态构成练习

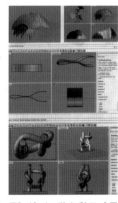

图5-13-4　学生利用"犀牛"软件进行建模构成练习界面

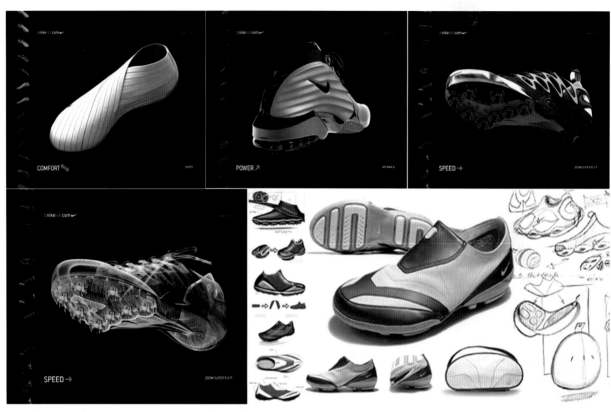

图5-14-1　通过计算机软件技术精确计算设计开发的专业NIKE跑鞋方案

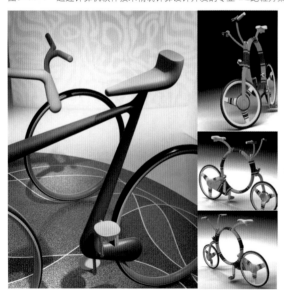

图5-14-2

图5-14-3　运用3DS MAX软件建模渲染出的概念跑车效果图

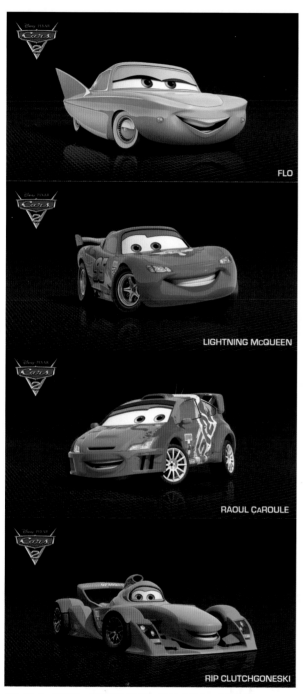

FLO

LIGHTNING McQUEEN

RAOUL ÇAROULE

RIP CLUTCHGONESKI

图5-15-1　利用Maya技术创作完成的《汽车总动员》生动造型

图5-15-2　3D动画影片《爱丽丝梦游仙境》中几个主要角色精彩、细腻造型

第三节 ///// 创新形态综合构成

随着社会科技的迅猛发展和艺术语言的不断丰富,以及人类活动空间的不断拓展和多元化,人们对审美诉求的标准在不断深化,艺术的表达方式也越趋复杂化,装置艺术、行为艺术、数码影像、公共艺术、大地艺术等当代艺术形式逐步取代了传统的架上绘画、静态雕塑方式而成为主流表现形式。以后现代思潮为主的思想体系影响着整个艺术与设计创作走向更强调混搭性、交融性和矛盾性。这些新变化与新动向也直接导致我们基础教学的内容和课程做出相应的补充与调整,很多院校在课题设置、课堂作业方面进行了大胆的尝试与突破,调整后的内容主要体现在以下几方面:

一、光的构成

光是所有视觉传达成像的必要条件,对我们日常生活和信息交流产生巨大的影响。光通过电磁波的形式刺激人的视觉,经视觉中枢系统将各种信号传递到人的大脑,使各种事物得以被认知,从而使人们获得各种基本的生活信息。光是视知觉的基础,没有了光,就无法辨别明暗和色彩,也就无法感知周围的世界,我们无法想象整日生活在一片漆黑的环境下将是多么的可怕。光同时也是构成专业绘画和设计表现的基本条件,属于特殊的一种形态表达媒介,具有特殊的材料性和空间性。通过三棱镜分解光的实验我们得知光是由不同的色光相混合形成的,人们观察到物体的不同颜色其实是光的一种反射现象,同时受物体表面的材料、反光程度、肌理等因素的综合影响。

物体不同的形状、明暗、色彩会产生各种视觉表情,给人带来情感、心理上的各种感受,这些变化的首要条件就是光源的介入影响产生的。光源主要分为自然光源与人工光源两大类,前者是自然形成的,后者则是根据人们主观意愿在生理和心理层面的要求人为制造出

来的,它们都有着各自不同的特性。最大的自然光源是太阳光,给人带来光明与希望,有炽热、明亮、兴奋、温暖、永恒等特性。此外,月光、星空、荧光、闪电、篝火等自然光在不同的场景下都会给人带来意想不到的惊喜与遐想(图5-16)。人工光源也可称为特殊光源,是由具有一定发光特性的各种电光、火光组成。从爱迪生发明电灯开始,可以说是真正点亮了世界,人们开始不断探索着光的各种特殊运用与规律。普通的室内照明亲切、实用,酒吧的昏暗灯光使人迷离、朦胧;新婚之夜的婚房光线温柔、暧昧,都市的夜幕霓虹闪烁、五光十色。不同的人工光源改变着光的形态、特性和表情(图5-17)。

随着日益进步的高科技水平与数字技术的不断发展,光构成的艺术性与感染力在各个领域均产生了质的飞跃。尤其在艺术创作和影视作品的表现形式上取得了显著的突破与创新,光线所创造出来的神奇效果已渗透到作品的细节当中,令人赏心悦目、拍案叫绝。光构成在设计领域已逐步形成一门新兴的学科,专门研究光造型在设计中的特殊应用,并与声、电、像等艺术媒介相结合,创造出一种全新的多媒体综合艺术表现形式。光构成由光与色、光与影、光与黑

图5-16 火山爆发形成的各种天然光构成

图5-17-1 米兰设计周上新款照明发布展示形成的特殊光构成效果

图5-17-2 娱乐中心的户外、室内在夜晚形成个性、特色的光照效应

图5-17-3 日本某发型中心通过对光线的强弱、颜色控制与室内环境产生构成效果来调节顾客的心理

图5-17-4a 国外高档KTV吧台通过不同光源的控制给人心理带来不同的感受

图5-17-4b 国外高档KTV吧台通过不同光源的控制给人心理带来不同的感受

和基础材料、肌理等元素构成了光效应的基本平台。特别是背景的黑使光的构成充满着神秘意味，在黑色背景衬托下可以充分发挥出光的各种丰富表情。而光与影的运用则会产生出很多意想不到的另类空间，使人充满无尽的幻想。因此，在光构成训练中要充分利用黑色的背景环境和光影的组合构成来达到表现创意的目的。另外要获得理想的光构成效果还要注意解决好光源与使用材料的控制问题。光源的控制好坏直接决定光构成的最终效果，具体可以从光源的本质属性和物理属性两方面入手：本质属性是指发光原理的特点，最典型的例子是不同矿物的燃烧产生颜色各异的火焰而形成的烟花效果；物理属性是指不改变光源的特性，而是从数量、强度、位置等方面来控制光的构成，如舞台灯光的布置、城市夜色的亮化工程等，经常会通过以上因素来改变人的视觉感受（图5-18）。

图5-18-2b 城市夜色的亮化工程形成的特色光构成效果

图5-18-1 北京奥运会闭幕式结尾利用焰火与灯光下的建筑形成绚丽多彩的亮丽风景

图5-18-2a 城市夜色的亮化工程形成的特色光构成效果

图5-18-3 光构成在舞美设计中具体的应用

图5-18-4 光构成在室内设计中的应用

图5-19-1 一组具有光构成语言的现代装置艺术

图5-19-2 利用光效应与模特儿搭配的前卫服装设计创意表现

光构成的另一类控制是通过控制光的介质与使用材料来达到，同样包括介质与材料的属性、数量、位置，介质材料搭配的不同，光的构成效果也产生很大不同。可以使用单一的材料，也可使用几种不同的材料进行组合，利用材质的透光差异设计光效；还可与不透光材料混合搭配使用，通过遮挡、透叠、反射等手段形成各种特殊效果。

随着各类高科技新材料、新技术的诞生与实际应用，人们的视觉要求与审美习惯会不断提高，光构成在现实生活与艺术创作中会占据更大的比重，无论在设计还是基础训练中光构成还有相当大的发展空间有待于我们去探索（图5-19）。

图5-19-3 借助新材料光纤技术分割、装饰室内空间的神奇效果

图5-19-4

二、动的构成

我们探讨、研究的三维形态构成内容均以"静的构成"为基本参照系统,在静的构成中动力学的关系是以动势、动感、节奏、速度等状态来体现的。然而,真正动力学的构成应该是客观物体的真实运动,现实世界中的固体、气体、液体都存在着真实的运动,只不过气体是无形的,无法用它来直接造型,只能以空间的形式存在。"动的构成"最有代表性的表现方式有如下两类:

1.运动的物体:运动的构成要素必须有原动力和传导机构两个方面组成,所谓原动力,是指能够引发运动的原始能量,我们主要关注比较容易获取的动力,如靠气流而运动的物体(旗幡、风车、风铃);靠扭力产生旋转的物体(陀螺、轮盘);靠重力滚动的物体(球、圆环、车轮);靠外力振动的物体(钟摆、秋千、弹簧),等等。所谓传导机构,是指将原动力产生的能量传递给其他部分的机构。它们不仅在工程学中占有重要位置,在形态构成设计中运用也可以产生很有趣的运动效果。经常使用的机构传导方式有皮带轮、齿轮、连杆、凸轮等,很多玩具的内部就是利用这些方式来传动的。

运动物体构成可以按运动形式进行分类,如滚动物的构成、旋转物的构成、振动与平衡物的构成、联动物的构成、飞行物的构成。若每一项再从重力、风力、热力、水力、人力等角度去仔细分析研究,可以分出无限的运动构成(图5-20、图5-21)。

图5-20-1　北京奥运焰火"脚印"表演突破传统模式,产生动态构成视觉新体验

图5-20-2　城市夜色中车水马龙形成特殊"动态光构成"

图5-20-3a　一组通过摄影技术处理与光之间形成的特殊动态构成作品

图5-20-3b 一组通过摄影技术处理与光之间形成的特殊动态构成作品

图5-21-2 受风力影响自然形成的旗幡动态构成效果

图5-21-1 借助烟火形成的动态公共艺术

图5-21-3 根据风力大小和方向可以产生变化的风动雕塑作品

2.水体构成：水因被限定和控制而构成不同的形态，尤其在公共艺术与景观艺术中，平如镜面的水池、流动的叠水与喷泉、奇妙的水景雕塑等，再通过配合声音、光线的变化，能够激发出人们无限的兴奋与遐想。在水体构成中，水的运动方向可以朝上喷，也可以朝下流；或静止或流动，只要通过相应设施加以控制，即可形成具有点、线、面、体等各种形态，使人产生眼花缭乱、变幻无穷的视觉表情（图5-22）。

水体构成主要由自然空间和人造空间构成。自然空间包括湖泊、溪流、潮汐、瀑布等，水体的自然风景状态各异，有平静的、奔放的、纤细的、宽阔的、缠绵的、磅礴的。根据需要合理地利用灯光、声音和人工，会呈现出精彩纷呈的迷人景象。水体人造构成

图5-22b 一组以水体构成为主体的公共景观艺术

空间在城市中运用比较广泛，如室内的共享空间，室外的广场、公园等，同时水流动产生的声音可以直接影响到大众的情绪变化。而水景中的雕塑、装置、立体形态的结合不但有利于营造互动亲和的环境气氛，还有助于帮助人们构筑现代城市的人文气息（图5-23、图5-24）。

水体造型最终是艺术与技术相结合的产物，艺

图5-22a 一组以水体构成为主体的公共景观艺术

图5-23 天然溪流、瀑布形成的丰富多姿的水体构成景色

图5-24 水体构成在当代雕塑、装置艺术中的应用

术效果的创造离不开相关技术的保证，如水景主题演绎、防渗处理、防漏防潮处理、水循环系统的养生处理等。

三、时间构成

时间是大自然的一种特殊状态，是看不见、摸不着的。但通过身边的客观事物又是可以记录和反映出来的：太阳交替变化其位置便意味着一天正在行进度过之中，一天天长大的孩子则记录了一个人从儿童到成人的生长历程；从白天到黑夜的周而复始至一年四季的重复轮回建立了我们生活中的日常和年度的管理方式。因此人类社会有了历史，万物生灵有了规律，大自然留下时间的痕迹，并使人产生了时间知觉。

物质世界随着时间的推移，某种状态也可以发展成为时间信号，人的时间知觉与内容、情绪、动机、态度有关，也与物质对象的变化与情境推移有关。如古代的沙漏、现今的钟表和日历；或是一种概念，如一炷香的工夫、一袋烟的时间等。时间知觉属于一个心理学范畴，我们不想从心理学的角度去深入剖析时间的发生，只是想从审美形态和视觉的角度来诠释事物在时间的延续性和推进下所展现的视觉形态变化，并引发人们产生的各种知觉反应。最具代表性的表现时间构成的艺术形式就是电影与摄像方式，摄影师、记者、电影制作人等对时间的掌控性比普通人更为敏感。体育摄影师在赛场上捕捉到的每个精彩瞬间，会为我们留下印象深刻的回忆；国家地理频道播放的纪录片，几十分钟的完整内容很多时候需要很多年的跟踪拍摄与剪辑才能最后完成（图5-25、图5-26）。

图5-25 体育记者用镜头凝固了比赛场上发生的每个瞬间

图5-26a 一组国外专业摄影师常年跟踪捕捉大自然生命的精彩瞬间

图5-26b 一组国外专业摄影师常年跟踪捕捉大自然生命的精彩瞬间

意义随着时间的流逝逐渐被人们理解接受，通过选择若干瞬间镜头的组合，可将最普通的事件变成最难忘的体验。通过并置图像而产生的这种联系，可创造出各种自身独有的视觉节奏，在故事的叙述上表达出丰富的创意。电影、录像、摄像都能最传神地表现出与时间构成相关的要素，很多艺术作品已恰当地融入了这些手段，在基础构成训练方面也开始尝试以时间为主题，用摄影、摄像的方式进行各种视觉表现（图5-27）。时间构成必将会在当代如装置艺术、行为艺术、综合媒介艺术等表现上发挥更大的作用，逐步形成自己的独立语言，对艺术和设计领域未来的发展产生深远的影响。

图5-27 以"时间"为主题，学生通过摄影、DV记录方式完成的影像构成作品

思考与练习：

1. 列举几种常用的创意思维训练方法，并组织学生在课堂上进行头脑风暴思维练习。

2. 根据实际时间、条件要求学生熟练掌握一到两种计算机三维软件操作。

3. 收集有关光构成、动的构成、时间构成方面的行为、装置、大地、公共艺术图片20张，整理到视觉日记中，并附加相关文字说明对作品加以分析。

参考作业：

1. 任意设定命题，由各种综合材料完成一件具有创意性主题的三维形态作品（图5-28）。

2. 利用身边物品结合光源完成一件具有光构成特点的立体形态作品（图5-29）。

3. 运用摄影、影像及计算机技术合成处理完成一件具有主题性的动的构成或时间构成创作（图5-30、图5-31）。

图5-28-1　这是一组利用身边各种不同的生活用品组装在一起的主题装置作品。由于受时间、条件的限制在课堂上很难产生比较深入、完整的装置作品，因此在设置课题上可以灵活、机动，最主要的是让学生建立起独立创作的意识，并动态地了解当代艺术的走向、特征

图5-28-2　这件作品以突出主题创意为主，运用〝指纹〞作为主体视觉符号，结合各种道具表现不同的创意。这类作品的成功关键取决于创作主题思想性是否深刻，要求学生侧重平时的文化积累与对当下社会各方面的积极关注

图5-29a　〝光构成〞的练习有别于产品设计中的灯具设计，重点关注如何充分利用光的特殊属性来丰富作品的视觉冲击力。主要目的是拓展学生的艺术创作视野，更新观念，增强作品的综合表现力。

图5-29b "光构成"的练习有别于产品设计中的灯具设计,重点关注如何充分利用光的特殊属性来丰富作品的视觉冲击力。主要目的是拓展学生的艺术创作视野,更新观念,增强作品的综合表现力

图5-30-1 通过摄影手段捕捉到的动的构成图像

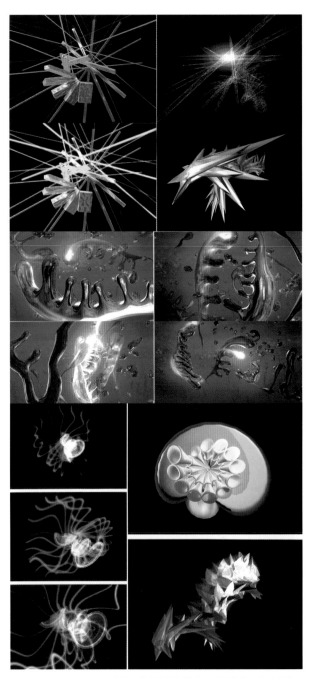

图5-30-2 以上是一组由学生借助计算机辅助设计完成的具有动态效果与时间性的主题创作构成,仅供参考。由于是创新构成练习,老师可根据具体情况灵活掌握,任意设立主题,根据不同条件组织学生运用电脑、摄影、DV等多种媒介完成创作,产生更多更新的创新作品

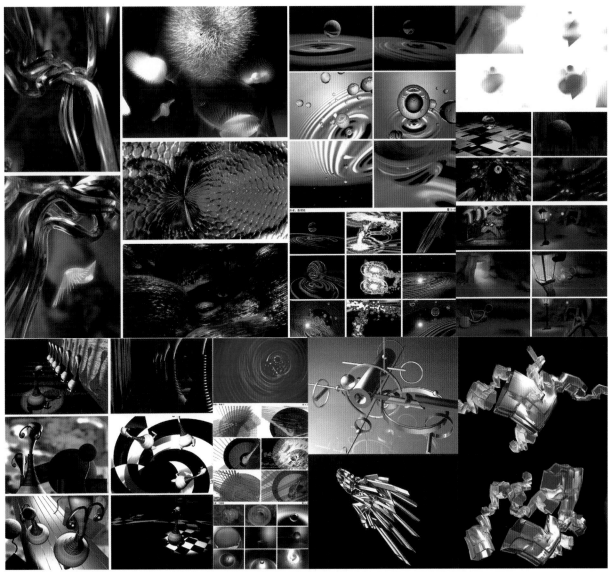

图5—31

后记 >>

三维空间设计基础对学生而言是一门更侧重实际动手能力，接触具体实物材料，进行各种形态空间造型表现的专业基础学科。在实际教学中需要学生积累大量的相关专业方面的信息、图片及理论依据，才有可能创作出有质量、有深入性的优秀作品。本书的编写初衷正是为了迎合大学生在此阶段感性多于理性思维的特点，并结合艺术教育应重视觉传达而轻语言说教的内在规律。书中为同学提供了大量的国内外艺术与设计相关的各类图片，主旨是使学生在学习专业基础知识过程中建立一个"先入为主"的积极态度，带着兴趣再慢慢细读文字，逐步理解、体会其中的艺术概念、形式法则、构成规律等原本学生比较排斥的"金科玉律"。

从两千多张图片中精选出最后八百多张配置到各自的章节、内容，这个过程是很耗费时间、精力的。希望半年多的辛苦工作能真正给学生学习带来些许有益的帮助和启示，这是笔者内心最大的欣慰！

能有机会把自己十多年的教学体会与经验编辑出版变成一本教材，在此首先要特别感谢彭伟哲编辑及辽宁美术出版社给我提供的这次机会。正是他的充分信任与敬业的工作态度才促使本书的最终如期完成，在后期的整理阶段老彭给了我很多合理、有益的建议，帮助我完善了很多细节，使整个图书的内容更加合理、全面。在此还要特别感谢我的恩师孙明教授在百忙之中抽出时间为此书作序，使我深切地体会到作为院长对基础教学的真正关注与大力支持。在编写此书的过程中还有很多挚友、同事、学生为我提供了大量无私的帮助与支持，我深表感谢，限于篇幅，在此不一一提及姓名。

书中图例部分有很多是平日收集的国内外艺术院校及艺术家的作业和作品，没能及时留下作者的相关资料，再加上网上的一些图片没有及时找到署名，在此对这些作者表示歉意，并向所有图例的作者表示诚挚的谢意！

真心希望这本教材能够将自己的教学经验与总结带给广大同学和同仁，在三维空间设计基础学习中能够给学生一定的启发与借鉴。在本书即将出版之际，自己最深的体会就是学无止境，最后希望与各位同仁始终保持积极主动的求知状态，把学习变成一种习惯一直坚持下去。

参考书目 >>

周至禹/编著《形态与分析》黑龙江美术出版社

邬烈炎/编著《自然形式》江苏美术出版社

任戬、胡阔/编著《形态认知》辽宁美术出版社

任戬、王东玮/编著《形态构成·行为·空间》辽宁美术出版社

辛华泉/编著《形态构成学》中国美术学院出版社

王受之/编著《世界现代设计史》中国青年出版社

何颂飞/编著《立体形态构成》中国青年出版社

朝仓直已/著《艺术、设计的立体构成》龙辰出版有限公司

陶涛/编著《空间构成基础》西南师范大学出版社

管嘉/编著《环境空间设计》辽宁美术出版社

王雪清、郑美京/编著《三维设计基础》上海人民美术出版社

张越/编著《三维设计基础教程》中国美术学院出版社

李宏、苏娜、周淼/编著《现代材质构成》辽宁美术出版社

玛丽·斯图亚特/编著《美国设计专业基础课目完全教程》上海人民美术出版社

陈祖展/主编《立体构成》北京交通大学出版社

康丽娟、周科/编著《三维设计基础·立体构成》湖北美术出版社

周玲/主编《三维形态构成》湖南美术出版社

赵世勇/编著《创意思维》天津大学出版社

孙明胜/编著《公共艺术教程》浙江人民美术出版社

陈小清/主编《新构成艺术》北京理工大学出版社

杨俊申、顾杰、侯双双/编著《电脑立体构成设计教程》天津大学出版社

许正龙/编著《雕塑学·立体材料艺术探索》辽宁美术出版社

陈立勋、叶丹/编著《三维造型基础》黑龙江美术出版社

宋扬/编著《立体设计》辽宁美术出版社

斯蒂芬·吕金/著《美国三维设计基础教程》上海人民美术出版社

俞爱芳、朱鸽翔/著《立体构成训练》浙江人民美术出版社

高琳、刘冬梅、朱志超/著《立体构成》江西美术出版社

网站知识链接 >>

视觉同盟：www.vision.com

设计联盟：www.cndu.cn

现代视觉：www.yy－s.com

顶尖设计：www.bobd.cn

部分图片来源：

百度图片搜索、《室内》《设计新潮》《装饰》期刊

视觉中国：www.chinavisual.com

设计之家：www.sj33.cn

昵图网：www.nipic.com

素材精品屋：www.sucaiw.com